WALL OF CRYSTAL, EYE OF NIGHT

WALL OF CRYSTAL, EYE OF NIGHT

by Algis Budrys

He was a vendor of dreams, purveying worlds beyond imagination to others. Yet his doom was this: He could not see what he must learn of his own!

Soft as the voice of a mourning dove, the telephone sounded at Rufus Sollenar's desk. Sollenar himself was standing fifty paces away, his leonine head cocked, his hands flat in his hip pockets, watching the nighted world through the crystal wall that faced out over Manhattan Island. The window was so high that some of what he saw was dimmed by low clouds hovering over the rivers. Above him were stars; below him the city was traced out in light and brimming with light. A falling star—an interplanetary rocket—streaked down toward Long Island Facility like a scratch across the soot on the doors of Hell.

Sollenar's eyes took it in, but he was watching the total scene, not any particular part of it. His eyes were shining.

When he heard the telephone, he raised his left hand to his lips. "Yes?" The hand glittered with utilijem rings; the effect was that of an attempt at the sort of copper-binding that was once used to reinforce the ribbing of wooden warships.

His personal receptionist's voice moved from the air near his desk to the air near his ear. Seated at the monitor board in her office, wherever in this building her office was, the receptionist told him:

"Mr. Ermine says he has an appointment."

"No." Sollenar dropped his hand and returned to his panorama. When he had been twenty years younger—managing the modest optical factory that had provided the support of three generations of Sollenars—he had very much wanted to be able to stand in a place like this, and feel as he imagined men felt in such circumstances. But he felt unimaginable, now.

WALL OF CRYSTAL, EYE OF NIGHT

To be here was one thing. To have almost lost the right, and regained it at the last moment, was another. Now he knew that not only could he be here today but that tomorrow, and tomorrow, he could still be here. He had won. His gamble had given him EmpaVid—and EmpaVid would give him all.

The city was not merely a prize set down before his eyes. It was a dynamic system he had proved he could manipulate. He and the city were one. It buoyed and sustained him; it supported him, here in the air, with stars above and light-thickened mist below.

The telephone mourned: "Mr. Ermine states he has a firm appointment."

"I've never heard of him." And the left hand's utilijems fell from Sollenar's lips again. He enjoyed such toys. He raised his right hand, sheathed in insubstantial midnight-blue silk in which the silver threads of metallic wiring ran subtly toward the fingertips. He raised the hand, and touched two fingers together: music began to play behind and before him. He made contact between another combination of finger circuits, and a soft, feminine laugh came from the terrace at the other side of the room, where connecting doors had opened. He moved toward it. One layer of translucent drapery remained across the doorway, billowing lightly in the breeze from the terrace. Through it, he saw the taboret with its candle lit; the iced wine in the stand beside it; the two fragile chairs; Bess Allardyce, slender and regal, waiting in one of them—all these, through the misty curtain, like either the beginning or the end of a dream.

"Mr. Ermine reminds you the appointment was made for him at the Annual Business Dinner of the International Association of Broadcasters, in 1998."

Sollenar completed his latest step, then stopped. He frowned down at his left hand. "Is Mr. Ermine with the IAB's Special Public Relations Office?"

"Yes," the voice said after a pause.

The fingers of Sollenar's right hand shrank into a cone. The connecting door closed. The girl disappeared. The music stopped. "All right. You can tell Mr. Ermine to come up." Sollenar went to sit behind his desk.

*

The office door chimed. Sollenar crooked a finger of his left hand, and the door opened. With another gesture, he kindled the overhead lights near the door and sat in shadow as Mr. Ermine came in.

Ermine was dressed in rust-colored garments. His figure was spare, and his hands were empty. His face was round and soft, with long dark sideburns. His scalp was bald. He stood just inside Sollenar's office and said: "I would like some light to see you by, Mr. Sollenar."

Sollenar crooked his little finger.

The overhead lights came to soft light all over the office. The crystal wall became a mirror, with only the strongest city lights glimmering through it. "I only wanted to see you first," said Sollenar; "I thought perhaps we'd met before."

"No," Ermine said, walking across the office. "It's not likely you've ever seen me." He took a card case out of his pocket and showed Sollenar proper identification. "I'm not a very forward person."

"Please sit down," Sollenar said. "What may I do for you?"

"At the moment, Mr. Sollenar, I'm doing something for you."

Sollenar sat back in his chair. "Are you? Are you, now?" He frowned at Ermine. "When I became a party to the By-Laws passed at the '98 Dinner, I thought a Special Public Relations Office would make a valuable asset to the organization. Consequently, I voted for it, and for the powers it was given. But I never expected to have any personal dealings with it. I barely remembered you people had carte blanche with any IAB member."

"Well, of course, it's been a while since '98," Ermine said. "I imagine some legends have grown up around us. Industry gossip—that sort of thing."

"Yes."

"But we don't restrict ourselves to an enforcement function, Mr. Sollenar. You haven't broken any By-Laws, to our knowledge."

"Or mine. But nobody feels one hundred per cent secure. Not under these circumstances." Nor did Sollenar yet relax his face into its magnificent smile. "I'm sure you've found that out."

"I have a somewhat less ambitious older brother who's with the Federal Bureau of Investigation. When I embarked on my own career, he told me I could expect everyone in the world to react like a criminal, yes," Ermine said, paying no attention to Sollenar's involuntary blink. "It's one of the complicating factors in a profession like my brother's, or mine. But I'm here to advise you, Mr. Sollenar. Only that."

"In what matter, Mr. Ermine?"

"Well, your corporation recently came into control of the patents for a new video system. I understand that this in effect makes your corporation the licensor for an extremely valuable sales and entertainment medium. Fantastically valuable."

*

"EmpaVid," Sollenar agreed. "Various subliminal stimuli are broadcast with and keyed to the overt subject matter. The home receiving unit contains feedback sensors which determine the viewer's reaction to these stimuli, and intensify some while playing down others in order to create complete emotional rapport between the viewer and the subject matter. EmpaVid, in other words, is a system for orchestrating the viewer's emotions. The home unit is self-contained, semi-portable and not significantly bulkier than the standard TV receiver. EmpaVid is compatible with standard TV receivers—except, of course, that the subject matter seems thin and vaguely unsatisfactory on a standard receiver. So the consumer shortly purchases an EV unit." It pleased Sollenar to spell out the nature of his prize.

"At a very reasonable price. Quite so, Mr. Sollenar. But you had several difficulties in finding potential licensees for this system, among the networks."

Sollenar's lips pinched out.

Mr. Ermine raised one finger. "First, there was the matter of acquiring the patents from the original inventor, who was also approached by Cortwright Burr."

"Yes, he was," Sollenar said in a completely new voice.

"Competition between Mr. Burr and yourself is long-standing and intense."

"Quite intense," Sollenar said, looking directly ahead of him at the one blank wall of the office. Burr's offices were several blocks downtown, in that direction.

"Well, I have no wish to enlarge on that point, Mr. Burr being an IAB member in standing as good as yours, Mr. Sollenar. There was, in any case, a further difficulty in licensing EV, due to the very heavy cost involved in equipping broadcasting stations and network relay equipment for this sort of transmission."

"Yes, there was."

"Ultimately, however, you succeeded. You pointed out, quite rightly, that if just one station made the change, and if just a few EV receivers were put into public places within the area served by that station, normal TV outlets could not possibly compete for advertising revenue."

"Yes."

"And so your last difficulties were resolved a few days ago, when your EmpaVid Unlimited—pardon me; when EmpaVid, a subsidiary of the Sollenar Corporation—became a major stockholder in the Transworld TV Network."

*

"I don't understand, Mr. Ermine," Sollenar said. "Why are you recounting this? Are you trying to demonstrate the power of your knowledge? All these transactions are already matters of record in the IAB confidential files, in accordance with the By-Laws."

Ermine held up another finger. "You're forgetting I'm only here to advise you. I have two things to say. They are:

"These transactions are on file with the IAB because they involve a great number of IAB members, and an increasingly large amount of capital. Also, Transworld's exclusivity, under the IAB By-Laws, will hold good only until thirty-three per cent market saturation has been reached. If EV is as good as it looks, that will be quite soon. After that, under the By-Laws, Transworld will be restrained from making effective defenses against patent infringement by competitors. Then all of the IAB's membership and much of their capital will be involved with EV. Much of that capital is already in anticipatory motion. So a highly complex structure now ultimately depends on the integrity of the Sollenar Corporation. If Sollenar stock falls in value, not just you but many IAB members will be greatly embarrassed. Which is another way of saying EV must succeed."

"I know all that! What of it? There's no risk. I've had every related patent on Earth checked. There will be no catastrophic obsolescence of the EV system."

Ermine said: "There are engineers on Mars. Martian engineers. They're a dying race, but no one knows what they can still do."

Sollenar raised his massive head.

Ermine said: "Late this evening, my office learned that Cortwright Burr has been in close consultation with the Martians for several weeks. They have made some sort of machine for him. He was on the flight that landed at the Facility a few moments ago."

Sollenar's fists clenched. The lights crashed off and on, and the room wailed. From the terrace came a startled cry, and a sound of smashed glass.

Mr. Ermine nodded, excused himself and left.

—A few moments later, Mr. Ermine stepped out at the pedestrian level of the Sollenar Building. He strolled through the landscaped garden, and across the frothing brook toward the central walkway down the Avenue. He paused at a hedge to pluck a blossom and inhale its odor. He walked away, holding it in his naked fingers.

II

Drifting slowly on the thread of his spinneret, Rufus Sollenar came gliding down the wind above Cortwright Burr's building.

The building, like a spider, touched the ground at only the points of its legs. It held its wide, low bulk spread like a parasol over several downtown blocks. Sollenar, manipulating the helium-filled plastic drifter far above him, steered himself with jets of compressed gas from plastic bottles in the drifter's structure.

Only Sollenar himself, in all this system, was not effectively transparent to the municipal anti-plane radar. And he himself was wrapped in long, fluttering streamers of dull black, metallic sheeting. To the eye, he was amorphous and non-reflective. To electronic sensors, he was a drift of static much like a sheet of foil picked by the wind from some careless trash heap. To all of the senses of all interested parties he was hardly there at all—and, thus, in an excellent position for murder.

He fluttered against Burr's window. There was the man, crouched over his desk. What was that in his hands—a pomander?

Sollenar clipped his harness to the edges of the cornice. Swayed out against it, his sponge-soled boots pressed to the glass, he touched his left hand to the window and described a circle. He pushed; there was a thud on the carpeting in Burr's office, and now there was no barrier to Sollenar. Doubling his knees against his chest, he catapulted forward, the riot pistol in his right hand. He stumbled and fell to his knees, but the gun was up.

Burr jolted up behind his desk. The little sphere of orange-gold metal, streaked with darker bronze, its surface vermicular with encrustations, was still in his hands. "Him!" Burr cried out as Sollenar fired.

ALGIS BUDRYS

Gasping, Sollenar watched the charge strike Burr. It threw his torso backward faster than his limbs and head could follow without dangling. The choked-down pistol was nearly silent. Burr crashed backward to end, transfixed, against the wall.

*

Pale and sick, Sollenar moved to take the golden ball. He wondered where Shakespeare could have seen an example such as this, to know an old man could have so much blood in him.

Burr held the prize out to him. Staring with eyes distended by hydrostatic pressure, his clothing raddled and his torso grinding its broken bones, Burr stalked away from the wall and moved as if to embrace Sollenar. It was queer, but he was not dead.

Shuddering, Sollenar fired again.

Again Burr was thrown back. The ball spun from his splayed fingers as he once more marked the wall with his body.

Pomander, orange, whatever—it looked valuable.

Sollenar ran after the rolling ball. And Burr moved to intercept him, nearly faceless, hunched under a great invisible weight that slowly yielded as his back groaned.

Sollenar took a single backward step.

Burr took a step toward him. The golden ball lay in a far corner. Sollenar raised the pistol despairingly and fired again. Burr tripped backward on tiptoe, his arms like windmills, and fell atop the prize.

Tears ran down Sollenar's cheeks. He pushed one foot forward ... and Burr, in his corner, lifted his head and began to gather his body for the effort of rising.

Sollenar retreated to the window, the pistol sledging backward against his wrist and elbow as he fired the remaining shots in the magazine.

13

WALL OF CRYSTAL, EYE OF NIGHT

Panting, he climbed up into the window frame and clipped the harness to his body, craning to look over his shoulder ... as Burr—shredded; leaking blood and worse than blood—advanced across the office.

He cast off his holds on the window frame and clumsily worked the drifter controls. Far above him, volatile ballast spilled out and dispersed in the air long before it touched ground. Sollenar rose, sobbing—

And Burr stood in the window, his shattered hands on the edges of the cut circle, raising his distended eyes steadily to watch Sollenar in flight across the enigmatic sky.

*

Where he landed, on the roof of a building in his possession, Sollenar had a disposal unit for his gun and his other trappings. He deferred for a time the question of why Burr had failed at once to die. Empty-handed, he returned uptown.

He entered his office, called and told his attorneys the exact times of departure and return and knew the question of dealing with municipal authorities was thereby resolved. That was simple enough, with no witnesses to complicate the matter. He began to wish he hadn't been so irresolute as to leave Burr without the thing he was after. Surely, if the pistol hadn't killed the man—an old man, with thin limbs and spotted skin—he could have wrestled that thin-limbed, bloody old man aside—that spotted old man—and dragged himself and his prize back to the window, for all that the old man would have clung to him, and clutched at his legs, and fumbled for a handhold on his somber disguise of wrappings—that broken, immortal old man.

Sollenar raised his hand. The great window to the city grew opaque.

Bess Allardyce knocked softly on the door from the terrace. He would have thought she'd returned to her own apartments many hours ago. Tortuously pleased, he opened the door and smiled at her, feeling the dried tears crack on the skin of his cheeks.

He took her proffered hands. "You waited for me," he sighed. "A long time for anyone as beautiful as you to wait."

She smiled back at him. "Let's go out and look at the stars."

"Isn't it chilly?"

"I made spiced hot cider for us. We can sip it and think."

He let her draw him out onto the terrace. He leaned on the parapet, his arm around her pulsing waist, his cape drawn around both their shoulders.

"Bess, I won't ask if you'd stay with me no matter what the circumstances. But it might be a time will come when I couldn't bear to live in this city. What about that?"

"I don't know," she answered honestly.

And Cortwright Burr put his hand up over the edge of the parapet, between them.

*

Sollenar stared down at the straining knuckles, holding the entire weight of the man dangling against the sheer face of the building. There was a sliding, rustling noise, and the other hand came up, searched blindly for a hold and found it, hooked over the stone. The fingers tensed and rose, their tips flattening at the pressure as Burr tried to pull his head and shoulders up to the level of the parapet.

Bess breathed: "Oh, look at them! He must have torn them terribly climbing up!" Then she pulled away from Sollenar and stood staring at him, her hand to her mouth. "But he *couldn't* have climbed! We're so high!"

Sollenar beat at the hands with the heels of his palms, using the direct, trained blows he had learned at his athletic club.

WALL OF CRYSTAL, EYE OF NIGHT

Bone splintered against the stone. When the knuckles were broken the hands instantaneously disappeared, leaving only streaks behind them. Sollenar looked over the parapet. A bundle shrank from sight, silhouetted against the lights of the pedestrian level and the Avenue. It contracted to a pinpoint. Then, when it reached the brook and water flew in all directions, it disappeared in a final sunburst, endowed with glory by the many lights which found momentary reflection down there.

"Bess, leave me! Leave me, please!" Rufus Sollenar cried out.

III

Rufus Sollenar paced his office, his hands held safely still in front of him, their fingers spread and rigid.

The telephone sounded, and his secretary said to him: "Mr. Sollenar, you are ten minutes from being late at the TTV Executives' Ball. This is a First Class obligation."

Sollenar laughed. "I thought it was, when I originally classified it."

"Are you now planning to renege, Mr. Sollenar?" the secretary inquired politely.

Certainly, Sollenar thought. He could as easily renege on the Ball as a king could on his coronation.

"Burr, you scum, what have you done to me?" he asked the air, and the telephone said: "Beg pardon?"

"Tell my valet," Sollenar said. "I'm going." He dismissed the phone. His hands cupped in front of his chest. A firm grip on emptiness might be stronger than any prize in a broken hand.

Carrying in his chest something he refused to admit was terror, Sollenar made ready for the Ball.

But only a few moments after the first dance set had ended, Malcolm Levier of the local TTV station executive staff looked over Sollenar's shoulder and remarked:

"Oh, there's Cort Burr, dressed like a gallows bird."

Sollenar, glittering in the costume of the Medici, did not turn his head. "Is he? What would he want here?"

Levier's eyebrows arched. "He holds a little stock. He has entree. But he's late." Levier's lips quirked. "It must have taken him some time to get that makeup on."

"Not in good taste, is it?"

"Look for yourself."

17

WALL OF CRYSTAL, EYE OF NIGHT

"Oh, I'll do better than that," Sollenar said. "I'll go and talk to him a while. Excuse me, Levier." And only then did he turn around, already started on his first pace toward the man.

*

But Cortwright Burr was only a pasteboard imitation of himself as Sollenar had come to know him. He stood to one side of the doorway, dressed in black and crimson robes, with black leather gauntlets on his hands, carrying a staff of weathered, natural wood. His face was shadowed by a sackcloth hood, the eyes well hidden. His face was powdered gray, and some blend of livid colors hollowed his cheeks. He stood motionless as Sollenar came up to him.

As he had crossed the floor, each step regular, the eyes of bystanders had followed Sollenar, until, anticipating his course, they found Burr waiting. The noise level of the Ball shrank perceptibly, for the lesser revelers who chanced to be present were sustaining it all alone. The people who really mattered here were silent and watchful.

The thought was that Burr, defeated in business, had come here in some insane reproach to his adversary, in this lugubrious, distasteful clothing. Why, he looked like a corpse. Or worse.

The question was, what would Sollenar say to him? The wish was that Burr would take himself away, back to his estates or to some other city. New York was no longer for Cortwright Burr. But what would Sollenar say to him now, to drive him back to where he hadn't the grace to go willingly?

"Cortwright," Sollenar said in a voice confined to the two of them. "So your Martian immortality works."

Burr said nothing.

"You got that in addition, didn't you? You knew how I'd react. You knew you'd need protection. Paid the Martians to make you physically invulnerable? It's a good system. Very impressive. Who

18

would have thought the Martians knew so much? But who here is going to pay attention to you now? Get out of town, Cortwright. You're past your chance. You're dead as far as these people are concerned—all you have left is your skin."

Burr reached up and surreptitiously lifted a corner of his fleshed mask. And there he was, under it. The hood retreated an inch, and the light reached his eyes; and Sollenar had been wrong, Burr had less left than he thought.

"Oh, no, no, Cortwright," Sollenar said softly. "No, you're right—I can't stand up to that."

He turned and bowed to the assembled company. "Good night!" he cried, and walked out of the ballroom.

Someone followed him down the corridor to the elevators. Sollenar did not look behind him.

"I have another appointment with you now," Ermine said at his elbow.

*

They reached the pedestrian level. Sollenar said: "There's a cafe. We can talk there."

"Too public, Mr. Sollenar. Let's simply stroll and converse." Ermine lightly took his arm and guided him along the walkway. Sollenar noticed then that Ermine was costumed so cunningly that no one could have guessed the appearance of the man.

"Very well," Sollenar said.

"Of course."

They walked together, casually. Ermine said: "Burr's driving you to your death. Is it because you tried to kill him earlier? Did you get his Martian secret?"

Sollenar shook his head.

WALL OF CRYSTAL, EYE OF NIGHT

"You didn't get it." Ermine sighed. "That's unfortunate. I'll have to take steps."

"Under the By-Laws," Sollenar said, "I cry *laissez faire*."

Ermine looked up, his eyes twinkling. "*Laissez faire?* Mr. Sollenar, do you have any idea how many of our members are involved in your fortunes? *They* will cry *laissez faire*, Mr. Sollenar, but clearly you persist in dragging them down with you. No, sir, Mr. Sollenar, my office now forwards an immediate recommendation to the Technical Advisory Committee of the IAB that Mr. Burr probably has a system superior to yours, and that stock in Sollenar, Incorporated, had best be disposed of."

"There's a bench," Sollenar said. "Let's sit down."

"As you wish." Ermine moved beside Sollenar to the bench, but remained standing.

"What is it, Mr. Sollenar?"

"I want your help. You advised me on what Burr had. It's still in his office building, somewhere. You have resources. We can get it."

"*Laissez faire*, Mr. Sollenar. I visited you in an advisory capacity. I can do no more."

"For a partnership in my affairs could you do more?"

"Money?" Ermine tittered. "For me? Do you know the conditions of my employment?"

*

If he had thought, Sollenar would have remembered. He reached out tentatively. Ermine anticipated him.

Ermine bared his left arm and sank his teeth into it. He displayed the arm. There was no quiver of pain in voice or stance. "It's not a legend, Mr. Sollenar. It's quite true. We of our office must spend a year, after the nerve surgery, learning to walk without the feel of our feet, to handle objects without crushing them or letting them slip, or damaging ourselves. Our mundane pleasures are auditory, olfactory, and visual. Easily gratified at little expense. Our dreams are totally interior, Mr. Sollenar. The operation is irreversible. What would you buy for me with your money?"

"What would I buy for myself?" Sollenar's head sank down between his shoulders.

Ermine bent over him. "Your despair is your own, Mr. Sollenar. I have official business with you."

He lifted Sollenar's chin with a forefinger. "I judge physical interference to be unwarranted at this time. But matters must remain so that the IAB members involved with you can recover the value of their investments in EV. Is that perfectly clear, Mr. Sollenar? You are hereby enjoined under the By-Laws, as enforced by the Special Public Relations Office." He glanced at his watch. "Notice was served at 1:27 AM, City time."

"1:27," Sollenar said. "City time." He sprang to his feet and raced down a companionway to the taxi level.

Mr. Ermine watched him quizzically.

He opened his costume, took out his omnipresent medical kit, and sprayed coagulant over the wound in his forearm. Replacing the kit, he adjusted his clothing and strolled down the same companionway Sollenar had run. He raised an arm, and a taxi flittered down beside him. He showed the driver a card, and the cab lifted off with him, its lights glaring in a Priority pattern, far faster than Sollenar's ordinary legal limit allowed.

IV

Long Island Facility vaulted at the stars in great kangaroo-leaps of arch and cantilever span, jeweled in glass and metal as if the entire port were a mechanism for navigating interplanetary space. Rufus Sollenar paced its esplanades, measuring his steps, holding his arms still, for the short time until he could board the Mars rocket.

Erect and majestic, he took a place in the lounge and carefully sipped liqueur, once the liner had boosted away from Earth and coupled in its Faraday main drives.

Mr. Ermine settled into the place beside him.

Sollenar looked over at him calmly. "I thought so."

Ermine nodded. "Of course you did. But I didn't almost miss you. I was here ahead of you. I have no objection to your going to Mars, Mr. Sollenar. *Laissez faire.* Provided I can go along."

"Well," Rufus Sollenar said. "Liqueur?" He gestured with his glass.

Ermine shook his head. "No, thank you," he said delicately.

Sollenar said: "Even your tongue?"

"Of course my tongue, Mr. Sollenar. I taste nothing. I touch nothing." Ermine smiled. "But I feel no pressure."

"All right, then," Rufus Sollenar said crisply. "We have several hours to landing time. You sit and dream your interior dreams, and I'll dream mine." He faced around in his chair and folded his arms across his chest.

"Mr. Sollenar," Ermine said gently.

"Yes?"

"I am once again with you by appointment as provided under the By-Laws."

"State your business, Mr. Ermine."

"You are not permitted to lie in an unknown grave, Mr. Sollenar. Insurance policies on your life have been taken out at a high premium rate. The IAB members concerned cannot wait the statutory seven years to have you declared dead. Do what you will, Mr. Sollenar, but I must take care I witness your death. From now on, I am with you wherever you go."

Sollenar smiled. "I don't intend to die. Why should I die, Mr. Ermine?"

"I have no idea, Mr. Sollenar. But I know Cortwright Burr's character. And isn't that he, seated there in the corner? The light is poor, but I think he's recognizable."

Across the lounge, Burr raised his head and looked into Sollenar's eyes. He raised a hand near his face, perhaps merely to signify greeting. Rufus Sollenar faced front.

"A worthy opponent, Mr. Sollenar," Ermine said. "A persevering, unforgiving, ingenious man. And yet—" Ermine seemed a little touched by bafflement. "And yet it seems to me, Mr. Sollenar, that he got you running rather easily. What *did* happen between you, after my advisory call?"

Sollenar turned a terrible smile on Ermine. "I shot him to pieces. If you'd peel his face, you'd see."

Ermine sighed. "Up to this moment, I had thought perhaps you might still salvage your affairs."

"Pity, Mr. Ermine? Pity for the insane?"

"Interest. I can take no part in your world. Be grateful, Mr. Sollenar. I am not the same gullible man I was when I signed my contract with IAB, so many years ago."

Sollenar laughed. Then he stole a glance at Burr's corner.

*

WALL OF CRYSTAL, EYE OF NIGHT

The ship came down at Abernathy Field, in Aresia, the Terrestrial city. Industrialized, prefabricated, jerry-built and clamorous, the storm-proofed buildings huddled, but huddled proudly, at the desert's edge.

Low on the horizon was the Martian settlement—the buildings so skillfully blended with the landscape, so eroded, so much abandoned that the uninformed eye saw nothing. Sollenar had been to Mars—on a tour. He had seen the natives in their nameless dwelling place; arrogant, venomous and weak. He had been told, by the paid guide, they trafficked with Earthmen as much as they cared to, and kept to their place on the rim of Earth's encroachment, observing.

"Tell me, Ermine," Sollenar said quietly as they walked across the terminal lobby. "You're to kill me, aren't you, if I try to go on without you?"

"A matter of procedure, Mr. Sollenar," Ermine said evenly. "We cannot risk the investment capital of so many IAB members."

Sollenar sighed. "If I were any other member, how I would commend you, Mr. Ermine! Can we hire a car for ourselves, then, somewhere nearby?"

"Going out to see the engineers?" Ermine asked. "Who would have thought they'd have something valuable for sale?"

"I want to show them something," Sollenar said.

"What thing, Mr. Sollenar?"

They turned the corner of a corridor, with branching hallways here and there, not all of them busy. "Come here," Sollenar said, nodding toward one of them.

They stopped out of sight of the lobby and the main corridor. "Come on," Sollenar said. "A little further."

"No," Ermine said. "This is farther than I really wish. It's dark here."

24

"Wise too late, Mr. Ermine," Sollenar said, his arms flashing out.

One palm impacted against Ermine's solar plexus, and the other against the muscle at the side of his neck, but not hard enough to kill. Ermine collapsed, starved for oxygen, while Sollenar silently cursed having been cured of murder. Then Sollenar turned and ran.

Behind him Ermine's body struggled to draw breath by reflex alone.

Moving as fast as he dared, Sollenar walked back and reached the taxi lock, pulling a respirator from a wall rack as he went. He flagged a car and gave his destination, looking behind him. He had seen nothing of Cortwright Burr since setting foot on Mars. But he knew that soon or late, Burr would find him.

A few moments later Ermine got to his feet. Sollenar's car was well away. Ermine shrugged and went to the local broadcasting station.

He commandeered a private desk, a firearm and immediate time on the IAB interoffice circuit to Earth. When his call acknowledgement had come back to him from his office there, he reported:

"Sollenar is enroute to the Martian city. He wants a duplicate of Burr's device, of course, since he smashed the original when he killed Burr. I'll follow and make final disposition. The disorientation I reported previously is progressing rapidly. Almost all his responses now are inappropriate. On the flight out, he seemed to be staring at something in an empty seat. Quite often when spoken to he obviously hears something else entirely. I expect to catch one of the next few flights back."

There was no point in waiting for comment to wend its way back from Earth. Ermine left. He went to a cab rank and paid the exorbitant fee for transportation outside Aresian city limits.

*

Close at hand, the Martian city was like a welter of broken pots. Shards of wall and roof joined at savage angles and pointed to nothing. Underfoot, drifts of vitreous material, shaped to fit no sane configuration, and broken to fit such a mosaic as no church would contain, rocked and slid under Sollenar's hurrying feet.

What from Aresia had been a solid front of dun color was here a facade of red, green and blue splashed about centuries ago and since then weathered only enough to show how bitter the colors had once been. The plum-colored sky stretched over all this like a frigid membrane, and the wind blew and blew.

Here and there, as he progressed, Sollenar saw Martian arms and heads protruding from the rubble. Sculptures.

He was moving toward the heart of the city, where some few unbroken structures persisted. At the top of a heap of shards he turned to look behind him. There was the dust-plume of his cab, returning to the city. He expected to walk back—perhaps to meet someone on the road, all alone on the Martian plain if only Ermine would forebear from interfering. Searching the flat, thin-aired landscape, he tried to pick out the plodding dot of Cortwright Burr. But not yet.

He turned and ran down the untrustworthy slope.

He reached the edge of the maintained area. Here the rubble was gone, the ancient walks swept, the statues kept upright on their pediments. But only broken walls suggested the fronts of the houses that had stood here. Knifing their sides up through the wind-rippled sand that only constant care kept off the street, the shadow-houses fenced his way and the sculptures were motionless as hope. Ahead of him, he saw the buildings of the engineers. There was no heap to climb and look to see if Ermine followed close behind.

Sucking his respirator, he reached the building of the Martian engineers.

ALGIS BUDRYS

A sounding strip ran down the doorjamb. He scratched his fingernails sharply along it, and the magnified vibration, ducted throughout the hollow walls, rattled his plea for entrance.

V

The door opened, and Martians stood looking. They were spindly-limbed and slight, their faces framed by folds of leathery tissue. Their mouths were lipped with horn as hard as dentures, and pursed, forever ready to masticate. They were pleasant neither to look at nor, Sollenar knew, to deal with. But Cortwright Burr had done it. And Sollenar needed to do it.

"Does anyone here speak English?" he asked.

"I," said the central Martian, his mouth opening to the sound, closing to end the reply.

"I would like to deal with you."

"Whenever," the Martian said, and the group at the doorway parted deliberately to let Sollenar in.

Before the door closed behind him, Sollenar looked back. But the rubble of the abandoned sectors blocked his line of sight into the desert.

"What can you offer? And what do you want?" the Martian asked. Sollenar stood half-ringed by them, in a room whose corners he could not see in the uncertain light.

"I offer you Terrestrial currency."

The English-speaking Martian—the Martian who had admitted to speaking English—turned his head slightly and spoke to his fellows. There were clacking sounds as his lips met. The others reacted variously, one of them suddenly gesturing with what seemed a disgusted flip of his arm before he turned without further word and stalked away, his shoulders looking like the shawled back of a very old and very hungry woman.

"What did Burr give you?" Sollenar asked.

"Burr." The Martian cocked his head. His eyes were not multi-faceted, but gave that impression.

"He was here and he dealt with you. Not long ago. On what basis?"

"Burr. Yes. Burr gave us currency. We will take currency from you. For the same thing we gave him?"

"For immortality, yes."

"Im—This is a new word."

"Is it? For the secret of not dying?"

"Not dying? You think we have not-dying for sale here?" The Martian spoke to the others again. Their lips clattered. Others left, like the first one had, moving with great precision and very slow step, and no remaining tolerance for Sollenar.

Sollenar cried out: "What did you sell him, then?"

The principal engineer said: "We made an entertainment device for him."

"A little thing. This size." Sollenar cupped his hands.

"You have seen it, then."

"Yes. And nothing more? That was all he bought here?"

"It was all we had to sell—or give. We don't yet know whether Earthmen will give us things in exchange for currency. We'll see, when we next need something from Aresia."

Sollenar demanded: "How did it work? This thing you sold him."

"Oh, it lets people tell stories to themselves."

Sollenar looked closely at the Martian. "What kind of stories?"

"Any kind," the Martian said blandly. "Burr told us what he wanted. He had drawings with him of an Earthman device that used pictures on a screen, and broadcast sounds, to carry the details of the story told to the auditor."

"He stole those patents! He couldn't have used them on Earth."

*

WALL OF CRYSTAL, EYE OF NIGHT

"And why should he? Our device needs to convey no precise details. Any mind can make its own. It only needs to be put into a situation, and from there it can do all the work. If an auditor wishes a story of contact with other sexes, for example, the projector simply makes it seem to him, the next time he is with the object of his desire, that he is getting positive feedback—that he is arousing a similar response in that object. Once that has been established for him, the auditor may then leave the machine, move about normally, conduct his life as usual—but always in accordance with the basic situation. It is, you see, in the end a means of introducing system into his view of reality. Of course, his society must understand that he is not in accord with reality, for some of what he does cannot seem rational from an outside view of him. So some care must be taken, but not much. If many such devices were to enter his society, soon the circumstances would become commonplace, and the society would surely readjust to allow for it," said the English-speaking Martian.

"The machine creates any desired situation in the auditor's mind?"

"Certainly. There are simple predisposing tapes that can be inserted as desired. Love, adventure, cerebration—it makes no difference."

Several of the bystanders clacked sounds out to each other. Sollenar looked at them narrowly. It was obvious there had to be more than one English-speaker among these people.

"And the device you gave Burr," he asked the engineer, neither calmly nor hopefully. "What sort of stories could its auditors tell themselves?"

*

The Martian cocked his head again. It gave him the look of an owl at a bedroom window. "Oh, there was one situation we were

30

particularly instructed to include. Burr said he was thinking ahead to showing it to an acquaintance of his.

"It was a situation of adventure; of adventure with the fearful. And it was to end in loss and bitterness." The Martian looked even more closely at Sollenar. "Of course, the device does not specify details. No one but the auditor can know what fearful thing inhabits his story, or precisely how the end of it would come. You would, I believe, be Rufus Sollenar? Burr spoke of you and made the noise of laughing."

Sollenar opened his mouth. But there was nothing to say.

"You want such a device?" the Martian asked. "We've prepared several since Burr left. He spoke of machines that would manufacture them in astronomical numbers. We, of course, have done our best with our poor hands."

Sollenar said: "I would like to look out your door."

"Pleasure."

Sollenar opened the door slightly. Mr. Ermine stood in the cleared street, motionless as the shadow buildings behind him. He raised one hand in a gesture of unfelt greeting as he saw Sollenar, then put it back on the stock of his rifle. Sollenar closed the door, and turned to the Martian. "How much currency do you want?"

"Oh, all you have with you. You people always have a good deal with you when you travel."

Sollenar plunged his hands into his pockets and pulled out his billfold, his change, his keys, his jeweled radio; whatever was there, he rummaged out onto the floor, listening to the sound of rolling coins.

"I wish I had more here," he laughed. "I wish I had the amount that man out there is going to recover when he shoots me."

The Martian engineer cocked his head. "But your dream is over, Mr. Sollenar," he clacked drily. "Isn't it?"

WALL OF CRYSTAL, EYE OF NIGHT

"Quite so. But you to your purposes and I to mine. Now give me one of those projectors. And set it to predispose a situation I am about to specify to you. Take however long it needs. The audience is a patient one." He laughed, and tears gathered in his eyes.

*

Mr. Ermine waited, isolated from the cold, listening to hear whether the rifle stock was slipping out of his fingers. He had no desire to go into the Martian building after Sollenar and involve third parties. All he wanted was to put Sollenar's body under a dated marker, with as little trouble as possible.

Now and then he walked a few paces backward and forward, to keep from losing muscular control at his extremities because of low skin temperature. Sollenar must come out soon enough. He had no food supply with him, and though Ermine did not like the risk of engaging a man like Sollenar in a starvation contest, there was no doubt that a man with no taste for fuel could outlast one with the acquired reflexes of eating.

The door opened and Sollenar came out.

He was carrying something. Perhaps a weapon. Ermine let him come closer while he raised and carefully sighted his rifle. Sollenar might have some Martian weapon or he might not. Ermine did not particularly care. If Ermine died, he would hardly notice it—far less than he would notice a botched ending to a job of work already roiled by Sollenar's break away at the space field. If Ermine died, some other SPRO agent would be assigned almost immediately. No matter what happened, SPRO would stop Sollenar before he ever reached Abernathy Field.

So there was plenty of time to aim an unhurried, clean shot.

Sollenar was closer, now. He seemed to be in a very agitated frame of mind. He held out whatever he had in his hand.

It was another one of the Martian entertainment machines. Sollenar seemed to be offering it as a token to Ermine. Ermine smiled.

"What can you offer me, Mr. Sollenar?" he said, and shot.

The golden ball rolled away over the sand. "There, now," Ermine said. "*Now*, wouldn't you sooner be me than you? And where is the thing that made the difference between us?"

He shivered. He was chilly. Sand was blowing against his tender face, which had been somewhat abraded during his long wait.

He stopped, transfixed.

He lifted his head.

Then, with a great swing of his arms, he sent the rifle whirling away. "The wind!" he sighed into the thin air. "I feel the wind." He leapt into the air, and sand flew away from his feet as he landed. He whispered to himself: "I feel the ground!"

He stared in tremblant joy at Sollenar's empty body. "What have you given me?" Full of his own rebirth, he swung his head up at the sky again, and cried in the direction of the Sun: "Oh, you squeezing, nibbling people who made me incorruptible and thought that was the end of me!"

With love he buried Sollenar, and with reverence he put up the marker, but he had plans for what he might accomplish with the facts of this transaction, and the myriad others he was privy to.

A sharp bit of pottery had penetrated the sole of his shoe and gashed his foot, but he, not having seen it, hadn't felt it. Nor would he see it or feel it even when he changed his stockings; for he had not noticed the wound when it was made. It didn't matter. In a few days it would heal, though not as rapidly as if it had been properly attended to.

WALL OF CRYSTAL, EYE OF NIGHT

Vaguely, he heard the sound of Martians clacking behind their closed door as he hurried out of the city, full of revenge, and reverence for his savior.

www.ingramcontent.com/pod-product-compliance
Lightning Source LLC
Chambersburg PA
CBHW050909120626
46554CB00003B/1105

La vida de un zapato y otros cuentos raros

Relatos para adultos sin tiempo

ROBER GRILLS

DEDICATORIA

Siempre he sentido una necesidad extraña de escribir, de decir de otra manera las cosas, de pensar de un modo escrito. No importaba ser pequeño, tampoco importaba que me volvieran loco las matemáticas, la ciencia o la informática, algo dentro de mi me empujaba desde que aprendí a coger un boli a escribir poesías y cachitos de textos inconexos.

La vida de un zapato es el relato que da título al libro porque fue el primero de varios, porque lo hice para mi hermana, mi teta. Siempre me dijo que escribiera, que sería mi primera lectora.

El relato que lo cierra está dedicado a mi mujer, la persona que siempre está conmigo y sonríe haciéndome sonreír cada día, la persona que me ha escuchado, me ha corregido y me ha completado en todos los aspectos.

El apoyo de mis padres y su empuje está presente en cada línea, su siempre confianza me ha hecho creer que puedo lograr todo lo que pueda desear.

ÍNDICE

«En suma, desde pequeño, mi relación con las palabras, con la escritura, no se diferencia de mi relación con el mundo en general. Yo parezco haber nacido para no aceptar las cosas tal como me son dadas.»

Julio Cortázar

1
LA BOTELLA DE VINO QUE NUNCA BEBIÓ

La botella de vino que nunca bebió aún descansa tumbada al fondo de esa habitación oscura y cubierta de polvo que nunca se atrevió a visitar.

Marcelia supo que el tiempo podía haberse parado allí, entre sus manos, meciéndose en la misma mecedora que cuarenta años atrás montó su padre con madera traída de allí y allá, del pueblo de Santa y del de Lucierna.

El alcohol reposaba sereno, sin rastro alguno de sorpresa, encerrado en ese cristal roñoso que se había tornado ahumado por el paso del tiempo.

Su abuelo contaba que su madre estuvo a punto de abrir la botella y beber de ella una noche con su padre, descarados borrachos temporales de un viernes cualquiera de un invierno de libro.

Menos mal que no lo hizo.

Prefirió esperar.

Hoy, la botella reposaba junto al jersey de Paco y las tijeras de Santa, todos detalles pasajeros de una vida frenada, como si no hubiera casi el tiempo pasado en esa habitación que nunca se abría.

Desabrochados los pantalones decidió entrar, apagando todas las luces, notando el caer de la tela por sus muslos. El frío, el frío le hacía tiritar cuando el frescor de la estancia que dejó entrar la ventana abierta del tragaluz se pegó a su piel.

Se acercó a donde estaba la botella, retiró el jersey y con el móvil iluminó el bodegón para ver algo mejor. Ahora estaba sola, con algo de miedo, ahí de pie y pensando por qué había apagado las luces al entrar: probablemente fue para hacer más intenso el momento que llevaba tanto tiempo esperando.

Fijándose en la botella, todo parecía normal y añejo, una etiqueta descolorida por los años mostraba con dificultad el nombre de las bodegas y el año de embotellado.

Cubas de Vino Negro. 1911.

El tapón, sucio, viejo pero incorrupto, parecía formar parte del vidrio; unido a la botella con cera roja parecía indicar que no sería fácil desprenderlo.

Los ojos de Marcelia no eran lo suficientemente felinos para ver en detalle, pero con sus dedos distinguía un relieve en el cuello de la botella que parecía indicar unas siglas talladas a conciencia pero que no llegaba a leer.

Se dio la vuelta, encendió una de las bombillas del techo y se subió el pantalón antes de volver a acercarse a la botella. Era ridículo seguir pasando frío y miedo por gusto.

Cogió de nuevo el vino, y pasando las manos por el cuerpo del recipiente despejó el polvo pegado, lo acercó a la fuente de luz y observó claramente dos cosas que le resultaron extrañas.

La primera intención de Marcelia había sido leer el mensaje grabado en el cristal que no había logrado ver hacía unos minutos, sin embargo, lo que llamó su atención en este preciso momento fue el nivel del líquido tinto que se encontraba en su interior. Una cuarta parte de la botella, eso era lo que quedaba, ella sabía que no se habría distinguido nunca si no hubiera limpiado el polvo y encendido la luz con decisión, pero ahora veía que eso no era común.

A continuación se fijó en el cuello y pudo leer algo que no logró entender.

BOT N° 5 1876-1981

Una vez más, Marcelia cambió su gesto preguntándose cómo era posible que la botella estuviera completamente cerrada y prácticamente vacía. Además, todo indicaba que la antigüedad de la botella era excepcional.

Las ganas de abrirla eran ahora mayores.

Siempre había escuchado las mismas historias de su abuelo en relación a esa habitación, al vino y a todo lo que ocurrió en el pasado. Desde pequeña sentía escalofríos al cruzar la puerta, pero por alguna razón desconocida, desde hacía algún tiempo el miedo se había tornado curiosidad y ese era el principal motivo de su atrevimiento.

¿Por qué no debía entrar en la habitación?

¿Por qué no se debería beber el vino?

¿Por qué no bebió mi madre?

¿Alguien había bebido alguna vez?

Las preguntas llenaban la cabeza de Marcelia mientras que sus manos trataba de quitar el tapón de corcho sin lograrlo.

Se le ocurrió algo, dio dos pasos a la derecha y buscó un

mechero en el cajón del viejo escritorio. A su abuelo le gustaba fumar cuando andaba horas y horas en esa habitación y recordaba cómo sostenía el pitillo con sus labios mientras tarareaba alguna canción desconocida para ella. Después de revolver las decenas de papeles, lápices y demás útiles de papelería, observó que no había ningún mechero en ese cajón, de hecho, pensándolo mejor, en el mejor de los casos estaría entero y vacío, siendo inútil el cometido que le tenía reservado.

Después de cerrar el primero y abrir el segundo cajón, inspeccionó éste en detalle toqueteando desde los bordes hasta el fondo hasta encontrar lo que pareció ser una vieja caja de cerillas.

Sacó el cerillero, agarró la botella y encendió uno de los fósforos al más puro estilo viejuno del oeste que había visto en las películas.

Ahora sí, acercó la cerilla al tapón y dejándola actuar un rato, observó que la cera que se encontraba rodeando el mismo, empezaba a calentarse y a diluirse haciéndose un líquido espeso que empezaba a escurrir hacia abajo desde la boca de la botella hasta casi sus dedos.

Para evitar quemarse, cogió el jersey que se encontraba justo al lado en un rápido movimiento y cubrió el tapón de corcho con el mismo.

> *Qué más da, nadie se va a poner eso ahora, está sucio, descolorido y muy pasado de moda.*

Pensó Marcelia.

Con fuerza, empezó a tirar del tapón hacia arriba

ayudándose del jersey, manchándolo todo de cera roja y sintiendo el calor que traspasaba la tela.

No había forma de quitarlo.

Siguió calentando más la cera con una nueva cerilla.

Estoy tonta.

Pensó Marcelia.

Se dio la vuelta y con la botella en las manos salió de la habitación, se dirigió a la cocina y buscó el sacacorchos escondido entre el montón de trastos de los cajones que había al lado de friegaplatos.

Ya está.

Camino a la salita, no le quedaba casi espacio en las manos, en una tenía la botella agarrada a través del jersey, en la otra, las cerillas, la cerilla apagada y el sacacorchos recién encontrado.

Marcelia estaba contenta, sabía que no podría resultar difícil abrir la botella ahora. Inició de nuevo el proceso, una nueva llama de una nueva cerilla calentó el corcho, la cera y la boca de la botella, mientras tanto con la otra mano empezó a clavar el sacacorchos y a dar vueltas al mismo con un movimiento idiota de una sola mano, sonriendo nerviosa y haciendo mil esfuerzos traducidos en pequeños gemidos.

Tiró hacia arriba con fuerza usando las dos manos con unas ganas desconocidas.

El corcho salió.

Tiró todo al suelo, las cerillas, el jersey, el sacacorchos y el corcho, se quedó únicamente con la botella abierta, se dirigió a la mecedora y se sentó, dejando que el vaivén la tranquilizara reponiendo sus fuerzas.

Después de dos minutos de balanceo feliz, Marcelia acercó la botella de vino a su cara y de forma instintiva olió el interior. Ella no tenía ni idea de vinos, no lo olía del modo que lo hacen los catadores de vino, solo fue una acción animal y salvaje, propia de la naturaleza humana antes de echarse algo a la boca.

El olor era intenso pero no le recordaba a ningún vino que hubiera tomado antes, parecía dulce y con una concentración de alcohol exagerada; le recordaba más a un coñac.

Pasó por última vez los dedos por las muescas del mensaje grabado en el vidrio, alucinó con el año mostrado y pensando en su abuelo, muerto hacía tres años, aproximó la boca a su boca, inclinó la botella y bebió un pequeño sorbo despacio, tratando de saborear la prohibición.

Lo prohibido supo a gloria.

Un líquido dulzón e intenso, más dulce y más intenso que todo lo que había probado hasta ahora.

Y se meció.

Volvió a beber a morro un poco más, ahora sintiendo también el sabor de la cera templada, descubriendo nuevas sensaciones placenteras al tragar, apreciando el calor que iba creciendo dentro de sí.

Y se meció.

Se meció durante horas quedando dormida después del último trago, después de haber posado la botella en la mesita que estaba a su lado, después de haber cerrado los ojos y después de haber abierto el portal.

El sueño duró más que ningún otro.

El portal se abrió justo en el instante en que Marcelia cerró los ojos.

A través del mismo, vio a su abuelo bebiendo de la misma botella muchos años atrás, también vio a otro hombre beber de la misma sirviendo el vino en vasos, sirviendo a muchos otros en una sala mas lujosa y decorada que en la que se encontraba.

Los sueños se agolpaban de uno en uno sobre ella, observando a más personas bebiendo el mismo líquido, hombres y mujeres, todos felices y con caras de satisfacción.

También vio a niños, a mujeres escondidas bebiendo pequeños sorbos, a viejos agónicos que tragaban el vino con dificultad.

Todos parecían beber tal y como bebió ella, sintiendo que lo habían logrado, que aunque no fuera fácil era algo prohibido que habían superado por ellos mismos, sintiendo como un premio el poder beber ese preciado manjar.

17

Marcelia estaba dormida, suavemente posada en la mecedora de su padre.

Entre sueño y sueño, apreció que nadie bebía más de una vez, siempre era gente diferente y le resultaba extraño que después de probarlo, ninguno volviera a beber una vez más pasado un tiempo, unas horas, una semana o algo más.

Nadie volvía a aparecer en sus sueños.

...

Se despertó cinco horas después y pensó en su abuelo después de recordar cómo lo había reconocido en su sueño. Parecía feliz y no el hombre amargado que siempre fue después de haber perdido a su hija.

Marcelia casi no llegó a conocer a su madre, era muy pequeña cuando murió, su abuelo se hizo cargo de ella inmediatamente y aunque amargado siempre le sintió protector y preocupado, como un segundo padre.

...

Después de haberse despertado del todo, se levantó de la mecedora, miró la botella de vino y pensó en volver a beber un poco, pero no lo hizo, ya era suficiente.

Pensó en su madre.

Recogió la botella y con una mueca pícara se fue hacia la cocina.

Encontró una botella de cristal llena de agua, la vació y la rellenó del vino oscuro y dulce que aún quedaba en la botella sucia. También cogió la etiqueta de la botella de vino, la despegó con delicadeza y la colocó alrededor de la nueva, pegándola con algo de fijador. A continuación cerró los ojos, tiró la vieja botella a la basura y se llevó la nueva camino de la habitación oscura.

Ahí estaba Marcelia de nuevo, en la habitación que nunca se abría, sola y sin miedo, con una botella más limpia y vacía que al comienzo.

Se aseguró de que la botella estuviera cerrada y usando cinta americana dio varias vueltas para evitar que fuera fácil abrirla. Cogió un poco de pegamento instantáneo y añadió el mismo alrededor del tapón y la cinta con el fin de hermetizar aún más el contenido.

Ya no sonreía.

Asió la botella y antes de esconderla detrás de un montón de libros de su madre, se preguntó qué habría pasado si sus padres la hubiesen descorchado aquel día.

...

Abrió los ojos, triste y sería, buscó ahora una navaja afilada y escribió ahondando la hoja en el cuello de la botella de agua convertida en vino:

BOT Nº 6 1876-2014

Salió de la habitación, se tiró sobre la mecedora y lloró, Marcelia supo en ese momento que nunca tendría hijos: no quería que nada malo les pasara.

No sería capaz de hacer lo que hizo su abuelo.

Llorando, balanceándose en esa mecedora de madera que construyó su padre, se sintió idiota y egoísta, sola y miserable.

Tuvo mucha suerte.

Su madre nunca bebió de esa botella de vino.

Ella y su abuelo, si.

LA VIDA DE UN ZAPATO Y OTROS CUENTOS RAROS

2
HUMOR ENTRE BOSTEZOS

Me miró de nuevo con esos ojitos cerrados, queriendo abrirlos despacio, rápido, no sé, me miró sin verme pero con las manos buscándome en su noche.

Yo, tirado al otro lado del sofá rojo de tela seca, no tenía hueco para el cuerpo entero, pero al menos me cabían los pies a un lado, el culo entre sus piernas y la cabeza en vilo, reposando en un aire que no podía sujetarla del todo.

De fondo, las voces que salen de la pantalla del salón.

Así formados, un bodegón de cuerpos que se quieren, que aprovechan las caricias y los rascados entre voz y voz del aparato, los besos al aire, los dientes fuera, los dedillos nerviosos que se esconden debajo de las ropas, las nubes que se muestran al otro lado de esas grandes ventanas que están ahí al lado.

Me quiere.

Lo sé porque me lo dice, la escucho aún cuando lo dice sin abrir la boca, sin abrir los ojos, sin cogerme siquiera la mano, pues el sueño, los bostezos y los cansancios se la llevan a ese otro lado de la casa donde hay cama.

Yo despierto la miro, la zarandeo ligeramente compartiendo la noche, compartiendo las voces de la caja, mientras las series y películas se quedan congeladas en puntos aleatorios que quizás un día o no recuperamos.

Así es ella, una mujer que sonríe en el día y en la noche, que se duerme y me desea, que me quiere mientras yo duermo.

¿Eso ocurre?

Me quiere, no hay duda, pero no sé si es cierto que yo duermo o sólo despejo mis temores porque no me muero y en la mañana siento que despierto a su lado siempre, o quizás, escuchando su cuerpo golpeado por el agua de la ducha.

Yo duermo a veces, son menos las horas, más intensos los minutos, tan intensos que no tengo tiempo de soñar, de entretenerme con historias, con deseos, con bobadas freudianas. No se inventaron los libros que interpretan sueños conmigo, no recuerdo, pues no sueño, no desperdicio las pocas horas que dispongo en hacer algo que no sea más que dormir plácidamente.

Sólo así estoy vivo más vivo, despierto más despierto y disfruto de eso, del tiempo.

Mi ella duerme a una hora temprana, lo necesita, es hermosa y bebe del néctar que la mantiene tan dulce y suave mientras sueña. Ella sí duerme, sí sueña, danza en historias que es incapaz de contar de nuevo, pues la lógica de sus sentidos no le permite expresar lo que ha vivido mientras sus cerrados ojos la mecen.

Yo la envidio, ella vive dos veces, dos mundos diferentes, uno negro, otro coloreado, veinticuatro horas seguidas sin descanso, de viaje a cada noche, de vuelta a cada mañana, sin trenes, sin horarios, con gente que conoce y con puros desconocidos que la llevan a diversos escenarios inesperados.

Yo vivo menos, nervioso, tratando de estar el mínimo tiempo tumbado, luchando por evitar cerrar los ojos para luego más tarde abrirlos rápido, saltar, levantarme de nuevo y hacer como si nada hubiera pasado.

Reniego del sueño.

Vivo casi el doble despierto.

Y cuando pienso en esto la veo ahí, tranquila, descansando, sin moverse, solo un ovillo de ella tumbado en un lado de la cama, no pesa, es un ángel reposado, sonriendo y con las dos manitas puestas a su cara de lado.

Yo me muevo, roto a ambos lados y destrozo las sabanas, me desarropo, tiro cosas al suelo, gruño, hablo, me enfado, corro, siento cansadas las piernas al despertar, ronco de lado, hacia arriba y los martes, incluso los sábados.

Ella sólo gruñe al pasar de nuevo al día.

Yo la quiero así, preciosa, cuando ríe, cuando ese pelo lo inunda todo, cuando llena de pelo la almohada, cuando me agarra para no dejarme escapar, cuando me atrapa.

Cuando es ella.

Cuando me cuenta sus viajes.

Cuando ella es esa persona viajera que nunca esta dormida.

Viaja y siempre descubre algo que enseñarme.

Aunque no lo vea, aunque no pueda marcharme con ella.

Y llega un lunes, despierta un domingo y me mira, me abraza, se parte de risa, yo no entiendo, se agarra a mí y me besa, se descojona viva, despierta, ahora si, con los ojos a veces aún cerrados, a las nueve y media de la mañana de enero, un nueve mismamente, se parte, me aprieta, grita, la quiero y me dice: no te puedo contar lo que he soñado.

Te juro que no puedo, no se, no se puede describir con un idioma normal lo que he vivido.

Yo la miro, la abrazo, la traigo cerca, la beso en todos lados rozando incluso muchos de sus pelos, callado, sonrío queriéndola y abro la boca.

Cuéntamelo nena.

Le digo.

LA VIDA DE UN ZAPATO Y OTROS CUENTOS RAROS

3
SIN SENTIDO

Estoy mirando hacia ese grupo de piedras acumulado en un lado del camino y sé que sólo algunas de ellas fueron colocadas allí deliberadamente.

Mi cabeza se revuelve entre pensamientos variopintos y se que días atrás más hombres habrían estado sentados en el mismo lugar haciéndose preguntas similares.

¿Qué hora es?

Un reloj parece marcar las doce en algún lado, presiento las campanadas repicando y a continuación el silencio que le sigue.

No es de noche y me confundo, también recuerdo que la última vez que creí escuchar las doce campanadas tampoco lo era, ni siquiera lo era la vez anterior, ni la anterior a ella tampoco, la noche hace mucho tiempo que no llega.

¿O es que ya no es de día?

Ahora me siento en el suelo, pienso en lo que hice ayer: no hice gran cosa, llevo días durmiendo y despertando en este lugar que no es el mismo siendo totalmente parecido al último que recuerdo y sin saber a dónde he de marchar.

¿Fue ayer?

¿Cuántos días?

La memoria sólo me cuenta detalles que no entiendo.

Un día llegué aquí y caminé derecho siguiendo las piedras, girando a un lado y al otro, dejando atrás a personas que conocía, diciendo adiós sin levantar la mirada y con la valiente e ignorante seguridad de que no volvería a verlas.

No importa.

Incluso he saltado por encima de lugares que no sabría describir ahora y que fueron los más bellos parajes que conocía, he continuado caminando desechando todo.

Y no sé por qué.

Tampoco tengo hambre, siento que no necesito nada. Pienso que no hay luna ni sol, sin embargo, me levanto y no sé si tengo cerrados los ojos, pues sin ver el camino sé que debo seguir adelante, intuyo las piedras que me dicen si ahí debo tornar el cuerpo para seguir mi camino.

...

...

Hoy de nuevo he despertado sin saber quién soy.

¿Dónde están las piedras?

No se absolutamente nada y deseo morirme, pero ¿cómo podría?

No me dejan hacerlo, no puedo pedirlo, no hay tiempo, las horas y los minutos se esfuman como granitos de arena cayendo dentro de mi.

Estoy solo.

...

Al abrir los ojos, Marcos supo que el vídeo-neural había terminado. Una semana en el corredor cincuenta de la prisión estatal de nueva Madrid era suficiente para saber que no quería repetirlo.

Sólo los prisioneros de crimen de sangre recibían semanas de un nuevo castigo basado en la extracción temporal de sentidos mediante implantación de un generador neural. Cinco sesiones incrementales de una, dos, tres, seis y ocho semanas eran suficientes para que un hombre se quedara limpio; nunca más volvería a cometer ningún crimen.

Entender en lo más profundo de uno mismo el significado del dolor te cambia para siempre.

Había sido muy duro y Marcos sabía que simplemente había sido la primera sesión.

¿Podría aguantar más?

¿No era suficiente ya?

¿Sería suficiente con las cinco sesiones?

¿Y si con él no funciona?

Existían grupos de expertos que no estaban de acuerdo con el método, privar de la vista, el oído, el tacto, el gusto y el olfato a una persona era demasiado cruel.

Crueldad pagada con crueldad, el ojo por ojo del siglo XXII.

4
LOTERÍA NO REVERSIBLE

Espero ser yo.

Esperamos ser todos, o no, la verdad es que muchos no han comprado, o sí, nadie dice sinceramente lo que ha hecho, unos opinan, otros dicen que está mal, otros que es mucho dinero, otros que es una irresponsabilidad.

Hoy es el primer sorteo de la lotería no reversible. Así la llaman. A las 22:00, en horario de máxima audiencia, primer martes, los nervios arriba y probablemente todo el mundo con la televisión encendida en la misma cadena, incluida toda esa gente que ya no enciende nunca la tele.

Se veía venir.

Compré el céntimo hace una semana, poco después de que salieran a la venta, eso sí, la publicidad había comenzado dos meses antes. Todos los medios estaban implicados, todos hablaban del tema, televisión, blogs, Facebook, radio, anuncios en la calle, en el metro, estábamos saturados pero era nuevo. Aprovecharon el tirón de la navidad, no fueron tontos, en diciembre se convirtió en el tema de moda, en todas las cenas de navidad se habló de eso e incluso pasó a ser motivo de disputa en comidas familiares.

Yo no se lo dije a nadie.

Pensé por un tiempo si debería o no comprarlo. Mi familia decía que para qué arriesgarse, que vivían bien, yo no estaba tan seguro.

Mi familia es obrera, clase media alta como tratan de convencerme, porque pueden irse de vacaciones y porque tienen una tele grande y un móvil que hace selfies.

Ya, ya.

Ellos piensan que yo soy clase media también, debe ser que no soy media alta porque no tengo un piso en propiedad a varios kilómetros del mundo vivo.

Me considero clase baja, baja media en todo caso. Tengo esas cosas, como tienen ellos, televisión listilla, internet, tengo un palo selfie, me fui de vacaciones a Islandia el mes pasado, voy a comer unas raciones y me bebo unos tubos todos los fines de semana e incluso voy al gimnasio. Eso sí, todo esto en las pocas horas que me quedan de vida después de dedicar once diariamente a trabajar, contando, por supuesto, ir y volver del trabajo y comer.

Quedan quince minutos para el sorteo pero la cadena de televisión lo tenía todo controlado. Un especial martes previo al sorteo y conexiones con diferentes casas donde la gente se disponía a decir todo lo que salía de su boca sin la educación y previsión de haberlo pensado antes.

En mi mano tenía el boleto. Una tarjeta sólida, no un papel de esos con los que están hechos los décimos de la lotería nacional o los ciegos de la ONCE. Por un lado era de color blanco brillante, nuclear según dicen las chicas de mi trabajo; sobre el fondo, dos números de una cifra y una letra de buen tamaño, ocupando casi en su totalidad el largo y ancho de la tarjeta.

7 3 A

En la televisión estaban recordando las normas de nuevo aunque todos las conocíamos, se habían convertido en algo tan repetido que hasta he visto alguna camiseta por ahí.

La gente está fatal.

Era fácil, la participación costaba dos mil euros. Sí, me he gastado dos mil euros en este tarjetón de visita que tengo en mis manos. La gracia está en los números premiados, la probabilidad para acceder a uno de los premios es de uno de cada cien. El número premiado es un número de dos cifras, 00, 53, 12, 90, el que sea. Ese es el número calculado aleatoriamente que un ordenador escupirá en su pantalla en pocos minutos, por lo cual, las posibilidades de que me lleve un premio son mucho mayores a las de cualquier otro sorteo que exista.

¿Y el valor del premio?

La letra. Hay tres letras, A, B y C y los premios son suculentos. Si la letra elegida es una C, entonces el ganador o ganadores se llevarán quinientos mil euros cada uno. Si la letra seleccionada es una B, el ganador o ganadores se llevarán un millón de euros cada uno. Y si la letra es una A, el premio es de cinco millones de euros.

Recuerdo las discusiones con mi familia: yo siempre decía que lo lógico es que los que jueguen siempre jueguen con la A porque el coste del billete es el mismo, dos mil euros y el premio sería una pasada que te cambia la vida.

La vida te cambiará, pero no por el dinero del premio, te cambiará por el coste no reversible del otro lado de la tarjeta.

Mis padres siempre decían lo mismo, tenían miedo, sí, mucha gente lo tenía, esta lotería era diferente y por eso no era tan fácil elegir la letra.

Ahora estaban explicando los premios.

> *Ya lo saben, en la lotería no reversible usted ha elegido el valor del premio incluso antes mismo de saber si le tocará. Sólo hay tres grandes premios posibles y siempre serán los mismos semana tras semana: premios A, premios B y premios C, todos ellos increíbles, una letra que cambiará su vida. Después de la publicidad pasaremos a recordarles qué es el coste no reversible, no nos deje, no se vaya, no se impaciente, en breves minutos comenzará el sorteo.*

Eran unos listos, nunca hablaban demasiado del "coste no reversible"; era lo que producía el miedo por el cual mucha gente decía que no jugaría al menos la primera vez.

El riesgo era alto.

Detrás del número de dos cifras y la letra, al otro lado de la tarjeta, había un rectángulo negro a modo de pegatina, según nos habían contado. Era una fina pantalla en la que se mostraría el coste personal a pagar en el momento de la emisión en televisión del número premiado.

No había nada claro, lo único que estaba claro era que no podías repudiar el premio y por lo cual, no podías nunca repudiar el coste personal exigido por el mismo, de ahí el nombre de lotería no reversible.

> *Si le toca, le toca, con todas sus consecuencias. Pero créanos, le va a tocar.*

Así decía la publicidad.

Yo tuve que presentar mi DNI cuando lo fui a comprar y firmé el dichoso contrato de no repudio.

No tenía miedo, se hablaba mucho en todos lados sobre cuál podría ser el coste personal que debe asumir el ganador de un premio, lo que se asumía de forma general era que a mayor premio seguro que habría un mayor coste personal a pagar.

Pero...

No se pueden pasar, ¿no? Me refiero, lo que yo pensaba al menos, era que si pretendían que la gente siguiera comprando sus céntimos y viendo pegados a la pantalla su programa cada martes, tenían que ser costes "pagables" y coherentes.

Eso pensaba yo; mis padres pensaban que era vender tu alma al diablo, ganar dinero única y exclusivamente dando a cambio un cheque en blanco que firmabas y aceptabas sin conocer el castigo.

Pues yo lo compré. No se lo dije a nadie y lo compré, el número daba igual, podía ser cualquiera, la letra, lo tenía bastante claro, una A sin dudarlo. Si me tocaba sería rico y si era rico, seguro que me cambiaba la vida para bien. El coste seguro que era asumible.

Al fin y al cabo, es un concurso de la tele.

La publicidad había terminado, el resto de explicaciones también, la pareja de presentadores ocupaba la pantalla y tras ellos se encontraba la gran pantalla plana en la que se mostrarían los dos números.

¡Ostias! Ahora si que estaba nervioso.

Sentado en el sofá miraba la tele sin pestañear, el boleto en la mano, mis ojos abiertos, muy abiertos y mi corazón acelerado.

Siete y Tres.

Esas eran las cifras que aparecieron en la pantalla del concurso, siete y tres, mis números.

En ese preciso instante me puse a temblar, me levante de un salto con el céntimo premiado en la mano y chillé muy fuerte, sacando de mí, toda la energía acumulada.

Me sentía extraño, era la primera vez que me tocaba la lotería, quería llamar a todo el mundo pero por otro lado, a todos les había dicho que no participaba, quería enviar la foto del número premiado a mis amigos, dar envidia a los vecinos, comprarme un coche, dos casas, cambiar de ropa, una tele más grande, dejar el trabajo, ligarme a una tía buena de esas que sólo están con tíos con dinero, regalarle algo bonito a mis padres...

No le había dado la vuelta a la tarjeta.

No quería darle la vuelta a la tarjeta.

Quería disfrutar del premio virgen, cinco millones de euros limpios, para mí solo.

No era natural contaminar aun la ilusión.

No podía darle la vuelta tan pronto.

Se la di.

En la prácticamente plana pantalla estaba escrito en letras mayúsculas el coste personal que debía pagar.

No parecía tan malo.

Sí lo era.

Me caí al sofá desplomado pensando bien si podía aceptarlo, no me quedaba otra, pero valoré en esos segundos si realmente podía aceptarlo. No tengo novia, no tengo hijos, estoy harto del trabajo, me da pena por mis padres, mis amigos, bueno, ya haré nuevos amigos, mi salud es buena, creo que podré adaptarme, aprenderé cosas, seguro que puedo, una lágrima a un lado, otra lágrima que cae al otro, la mano con la que sujeto la tarjeta tiembla, seguro que puedo, no es para tanto, estas cosas han cambiado, cierro los ojos, me estiro, recapacito.

¿Lo habría hecho de saber que este era el coste?

Sí, seguro que sí. Pero creo que aun es demasiado pronto para decirlo.

> *Cinco años de prisión en una cárcel de España. Su dinero le esperará a su salida.*

...

Había sido el primer concurso, los costes los mismos para todos, seis meses de prisión para los ganadores de quinientos mil euros, un año de prisión para los ganadores de un millón de euros y cinco años para los grandes ganadores.

> *El martes que viene, ya lo saben, un nueva cita con 'Lotería*

no reversible".

Sí, mi vida había cambiado del todo.

5
TARDE

Trabajo de tarde.
Trabajo de día.
No veo tu cara, me suena.
Recuerdo que un día dijiste.
Ya.

...

Ya no importa.
Descubro que salgo y no te veo.
Me arrepiento de hacerlo.
De salir y no encontrarte.
De llegar y no haberte visto.
De seguir en mi vida.
De hacer exactamente lo mismo.
Y no cambiar.

Abro los ojos para nada.
Mis manos hacen, mis pies andan.
Pienso en ti.
Pienso en yo.
Pienso en que todo se acaba.
Por no seguir cambiando.
Por seguir estropeando lo que un día.
Era lava.

...

Y hoy no es más que humo.
Que hielo, que luz blanca.
Que ideas olvidadas.
Que te quiero menos que antes.
Que ya no, que tu no.
Que antes al menos me amabas.

LA VIDA DE UN ZAPATO Y OTROS CUENTOS RAROS

6
SALA DE REUNIÓN

Mmmmmm

Se sentaron uno a cada lado de Álvaro; Felipe a su izquierda, dejando caer el peso de su enorme cuerpo sobre la silla de oficina cansada y llena de rajas y años, a su derecha, casi de frente, Alejandro.

Alejandro estaba deseoso por empezar a hablar, nunca lo hace por teléfono y traía las ganas escondidas en los bolsillos para iniciar cuanto antes su monólogo.

Álvaro les miraba a los dos. A Felipe le tenía muy visto, traje barato del C&A, camisas con grasa de la que no se ve y dientes amarillos de fumador de exteriores.

Siempre venía igual.

A Alejandro le vio diferente, el pelo era el mismo, erecto y luminoso, las gafas transmitían una falsa imagen de inteligencia que quedaba patente con la apertura de su boca. Su cuerpo, vestido con una chupa y unos vaqueros gordos, le indicaban a Álvaro que había venido en moto, probablemente sin casco pues no había pista del mismo en los cinco metros cuadrados de la sala.

Hoy Alejandro estaba mucho más delgado.

Ni se te ocurra hacerlo.

Retumbó en la sala de reuniones.

Álvaro brincó y se quedó de piedra al escuchar la voz machacona de Felipe mientras veía toda la piel de su cara moviéndose como una gelatina lista para la merienda.

Alejandro, a su lado, únicamente asentía con los ojos casi cerrados, como con lástima y paciencia mezcladas en un gesto de agonía.

Habían venido los dos a primera hora y Álvaro entendió que el único motivo era tratar de influir en su decisión. Lo que ninguno de los dos aún no sabía, era que la decisión ya estaba tomada. Y no sólo eso, sino también que las primeras acciones que había emprendido él mismo a las ocho de la mañana o incluso antes, ya deberían empezar a provocar los primeros cambios.

Álvaro no descuidaba que su silencio incomodaba a los dos, de hecho, jugaba con el mismo, mirando a los ojos de uno y a las manchas de otro de forma alterna.

¿Por qué no nos lo dijiste antes? No se hace así. Podríamos haberte ayudado.

Acortó Alejandro mirando a Álvaro.

Álvaro estaba harto de ese par de idiotas.

Durante los últimos cuatro meses había intentado hablar con ellos en múltiples intentos, pero siempre obtenía la misma respuesta, un silencio desvergonzado. También se había cansado de las amenazas laborales, de las mentiras en relación a los salarios, a las subidas, a los intentos continuados de hacerle sentir mal a él cuando él era el foco de las injusticias. Incluso se había aburrido de intentar mejorar las cosas participando desde la misma empresa.

Todo era en vano.

Esa fue su razón principal. La función principal en la sociedad de esos dos mequetrefes no era más que aturdir a trabajadores y maltratarlos hasta convertirlos en sumisos del siglo XXI y Álvaro no aceptaba ser parte de ese juego y por eso, a primera hora de la mañana, encendió la mecha que pondría fin a tanta insatisfacción.

En sus sillas, Felipe y Alejandro trataban de entender la pasividad de Álvaro. Nunca se les había torcido ninguno de sus chicos, bastaban un par de gritos no muy altos, promesas falsas difícilmente demostrables a la larga y un poquito de miedo inyectado en pamplinas que resultan muy eficaces para la gran mayoría.

Entre el silencio y el calor de la sala, el aire estaba cargado y fue ese el momento que Álvaro aprovechó para latir.

Os van a dar por el culo a los dos y a vuestra empresa de mierda.

Gritó Álvaro levantándose de la silla y mirándoles fijamente a los cuatro ojos mientras se reía.

Lo había organizado todo. Envió una carta urgente al presidente de Rexus S.A. a primera hora, ya debería haber llegado y en este momento debía estar siendo abierta por Emiliano Juven.

En la misma, se relataba lo siguiente:

Estimado Presidente de Rexus S.A.

Somos conscientes de su preocupación futura y lamentamos las pérdidas que cosechará su empresa con

motivo del reajuste de personal existente en su cliente mayoritario **XXXXX**.

A partir del día de hoy, todos sus empleados que prestan servicio en el cliente **XXXXX** solicitarán una dimisión conjunta como resultado de años de la ingratitud y el despropósito de sus comerciales Felipe Guárez y Alejandro Martín, así como de su empresa en todos los niveles de actuación.

Para su información, el total de los trabajadores seguirá trabajando en el mismo cliente **XXXXX** a través de una nueva sociedad fundada hace menos de dos semanas respondiendo a las siglas de SSP S.A.

El fundador y director ejecutivo de la empresa SSP S.A. es Álvaro Boyan, trabajador actual de Rexus S.A. y miembro de la asociación secreta "Trabajando por el respeto"

La nueva empresa responde a una necesidad creciente en nuestros tiempos, velar por los derechos de los trabajadores, obteniendo las mejores tarifas, siendo honestos, contratando a los mejores y haciendo mejores a los mediocres, convirtiendo el pasado negro de nuestra profesión en algo de lo que podamos sentirnos orgullosos.

Somos unos pocos, somos más de los que pensáis y hoy empezamos a cambiarlo.

Fdo. Trabajadores por el respeto. Siempre Se Puede S.A.

Fuera de la sala y pudiendo verse a través de los cristales, doce compañeros se levantaban de sus mesas. Eran las doce de la mañana y todos tenían una carta en la mano. Se acercaron a la sala donde estaban Álvaro y los idiotas, golpearon la puerta y entraron en silencio, tirando las cartas sobre las caras indescriptibles de los comerciales que seguían atónitos sin entender nada de lo que estaba pasando.

De repente, suena un teléfono dentro de la sala, Felipe se echa la mano al bolsillo y responde mandando el aparato a la cara. Al otro lado del mismo, las noticias le hierven los ojos y casi tartamudeando confirma en tiempo real a su presidente cómo los doce empleados más el décimo tercero, Álvaro Boyan, les están entregando sus cartas de dimisión.

...

Tres edificios más allá de la misma calle, en Crecemos IT S.A., su presidente, Carlos Belmoda está abriendo, leyendo y sufriendo una carta similar.

...

En siete empresas más del mismo distrito, similares cartas eran abiertas, leídas y tiradas al suelo con rabia por sus directores generales, idiotas, gorditos, clones de nuestros protagonistas.

...

Hoy, en edificios de toda la ciudad, miles de compañeros entregaban sus cartas a las doce de la mañana.

...

Siempre Se Puede

7
CUATRO DIMENSIONES

Hoy he descubierto un nuevo espejo. Éste se encuentra cubierto de polvo y sólo después de soplar sobre su superficie se despeja una clara y brillante cara.

¿Es mía?

Esa noche pude comprobarlo soplando y desempolvando el resto de espejos de la casa.

Atajando el camino, diré que podría haberlo sido si no fuera porque vi nuevos rostros en cada uno de ellos, expresiones que no me asustaron, pues resultaban seguir mostrándome a mí mismo desde el ángulo de una nueva mirada.

Cuando me preguntan cómo soy, ni siquiera echando la vista atrás y apoyándola en la memoria, logro recordar nada.

¿Te refieres a ahora?

Nunca antes lo había entendido, hoy puedo decir que las personas como nosotros, con trastorno de personalidad múltiple, somos como un ser humano de cuatro dimensiones.

Todo depende del tiempo.

8 JORGE

Me apetece contarte algo, Kat. Despacito, sin prisa, ahora que la oscuridad de la noche me permite hablar con los dedos, tranquilo y sabiendo que en algún momento del día de mañana muy temprano leerás estas líneas.

Jorge, el conserje que vigila veinticuatro horas la comunidad en la que vivo, tiene un hijo que también realiza su mismo trabajo. Creo, de hecho que son padre e hijo gemelos laborales; uno se despierta y mientras el otro duerme, se enfunda en ese traje oscuro negro que siempre lleva. Puedo pensar que incluso puede ser robado en la casa a su mismo padre. Corbata del hijo, peine del padre y el mismo pelo recio ondulado y vivaracho de izquierda a derecha. La misma piel de un ecuatoriano que no duerme y mira siempre a través de un cristal que apaga sus buenos días reduciendo mis gracias a susurros, dejando que nuestros cuerpos se pierdan a un lado u otro de la cancela con la mirada cada día.

Jorge padre trabaja las noches y Jorge hijo las mañanas, o eso creo; me pregunto si es la misma y única mujer la que espera en casa, la que es nuera y esposa de día y suegra y mujer de Jorge en las noches.

Dejaré a un lado la cuestión de la hembra mujer de Jorge y seguiré desmembrando los recuerdos que aún me quedan, y sólo si hay tiempo y la ciega idiotez me sigue persiguiendo, relataré con exactitud mis teorías.

El otro día me dijo Jorge que tenía un paquete para mí. Reformulo: me preguntó si esperaba algún paquete, y yo, que tengo el dedo fácil no sólo escribiendo tonterías, sino punteando los botones de compra de los portales de internet, no supe confirmar si en este particular caso, mis falanges habían hecho fechorías amazónicas mientras estoy con los ojos y el cerebro medio dormidos a partir de las doce de la noche.

Dije que si, pues la afirmación temprana me permite señalar que sea otro el que se haya equivocado en el caso de que así sea, dejando en descuido circunstancial el error cometido.

No hubo equivocación, pues Jorge, el de mayor altura y menor edad, abrió la puerta de la garita de los Jorges mientras colocaba en mis brazos ya puestos en estado paralelo de espera, una caja del tamaño de un microondas, cuyo peso tenía mucho de micro y mucho de ondas, pues escapaba a mi entendimiento que algo tan supuestamente grande pudiese ser tan ligero.

Mi cuerpo siguió adelante hacia el interior de la comunidad donde vivo, dejando a mi derecha los manojos de Rosales de dos metros que, plantados en el jardín, nos saludan cada día a mi y al resto de doscientos dueños que los poseen. Caminando voy viendo cambiar los colores del rojo al blanco, del blanco al rosa y de nuevo a un rojo rosa que inicia la secuencia mágica que da color a mi entrada y salida. Me fijo en el gimnasio justo antes de sacar las llaves del portal de casa, me apasiona ver correr a los chinos sobre las cintas, sudando y gimiendo, sin un solo rasgo de sufrimiento en su cara, me fijo mientras bajo el escalón y me digo que debería bajar más a menudo a perder algo de peso.

Ya en la puerta del portal, hago malabares para sostener la enorme caja al tiempo que introduzco la llave en la cerradura y doy las dos vueltas que me dan permiso a estar más fresco ya dentro, esperando al ascensor más rápido y pensando en qué narices habré comprado anoche.

Podría ser cualquier cosa, pero yo no suelo comprar cosas así de grandes ni siquiera dormido.

Cuando voy subiendo, muevo un poco el continente para averiguar el tamaño del contenido y los nervios me hacen rasgar un poco el cartón de la parte superior. Nunca recuerdo que esta gente empaqueta muy bien sus cosas, que la cinta tiene una especie de hilos que se entremezclan con el pegamento y que hacen totalmente imposible valerse solo de los dedos para romperla.

Gruño y me frustro entendiendo que debo esperar más segundos para descubrir que hay en el interior, se abre el ascensor en el sexto, me dirijo al final del pasillo jugueteando con el llavero entre mis dedos, tratando de separar la llave de la puerta de mi casa sin tener que mirar por debajo de la caja, meto la llave en la cerradura, la giro y empujo la puerta entrando nervioso. Cierro la puerta tras de mí, escupo las llaves en el vacía bolsillos del salón, poso la caja en la mesa de la cocina y con las tijeras del primer cajón de los cubiertos descubro ante mí agonía que soy totalmente incapaz de abrirla.

Joder.

¿Qué coño habré comprado?

Me quito los zapatos de mala gana, agarro la caja y la llevo al salón, vuelvo a la cocina y tiro del cajón número dos, sacó un cuchillo grande, no es el jamonero oscilante ni el ancho y bobo que corta el pan, he cogido el cuchillo que corta carne y hueso, un cuchillo de verdad que no duda en atravesar el cartón, los hilos, el pegamento y un poco de mi mano izquierda a la altura del pulgar siguiendo la trayectoria de mi ímpetu.

Joder.

He abierto la caja, agarro los plásticos hinchados de aire que se encuentran dentro para evitar que se rompa lo que pueda romperse, los lanzo por el piso manchando de sangre el suelo, grito, me retuerzo la mano izquierda apretando con toda la fuerza de la mano derecha, tiro el cuchillo a un lado, cierro los ojos y saco un traje antiguo que reposa en el fondo de la caja y que no reconozco a la vista.

Es negro, es un traje de dos piezas que ahora reposa en mis manos sangrientas sin la caja, como si palpara el alma de un cuerpo que ya ha desaparecido.

No importa, se habrán equivocado.

Sin saber la razón me desvisto, cambio mis calzoncillos, elijo una camisa del armario y empiezo a ponerme los pantalones sin pinza del traje sin caja, me miró al espejo, lavo la herida de mi mano izquierda, la sangre seca de mi mano derecha y suspiro.

Qué más da.

Me planto la americana y me siento guapo, enciendo la luz del baño que aún ahora estaba apagada, lavo mis ojos y pienso que debo estar llegando tarde, tengo que salir ya de casa, mi turno está a punto de empezar.

De camino a la puerta casi me tropiezo con el cuchillo, se me escapa otro gruñido, lo recojo y me miro en el espejo de la entrada para arreglarme el pelo ondulado con las manos mientras, desde el baño del fondo, escucho la voz de mi mujer que me dice que saldrá tarde hoy.

Dile a tu hijo que cenamos a las diez.

No entiendo muy bien nada, pero salgo escopetado abriendo y cerrando la puerta de casa a más velocidad de la que considero lógica.

Bajo por las escaleras, no espero a los ascensores, son sólo seis pisos y hoy creo que necesito un poco de acción en las piernas.

Buenos días Jorge, tu mujer espera en casa para cenar a las diez, no tardes.

Nos cruzamos, le veo salir de la garita desandando el camino que acababa de hacer yo mismo en sentido contrario.

Te quiero papá, me responde desde unos metros más allá.

No entiendo nada, Kat. Ha sido un momento muy extraño, sé que es tarde y que probablemente no te interese lo más mínimo.

El resto de la noche lo pasé observando por el cristal de la garita, diciendo holas, adioses y buenas noches a gentes de todo tipo.

9
YOU WIN

Aquí en Luna siempre hemos vivido así: un millón de habitantes en tres cuartas partes de terreno urbanizado en el extremo septentrional, una mágica extensión dominada por los dioses.

Durante nuestra corta historia hemos aprendido a entender la realidad de nuestro día a día. Los hombres mueren y desaparecen una vez los llevamos al Área Cálida. Por el día aparecen los niños, todos de tres años y morenos de piel, en cápsulas al otro lado del camino azul. Junto a los niños, los dioses siempre dejan más instrucciones, utensilios, agua y alimentos.

Estamos agradecidos.

Mañana es un día muy especial, nuestro pequeño mundo cumple doscientos años y las escrituras cuentan que también hemos cumplido nuestra misión.

Mientras tanto, en la Tierra, el doctor Waller cae derrotado sobre un sillón demasiado blando. Su culo se hunde en la tela cayendo hasta casi tocar el suelo, su teoría se desmorona y ya no sabe cómo defender su tesis ante un auditorio lleno de voces.

La religión había ganado, ninguno entre el millón de sujetos lunares se reveló buscando una respuesta más elaborada.

10
MIRANDO HACIA ABAJO

Un día entendí lo que sienten ellos: los niños que no llevan la cabeza alta, los que caminan sin ganas, niños felices durante largos periodos de tiempo, sin enfermedades que les martiricen, pero que llevan a veces los ojos enfocados al suelo mientras caminan.

No tienen depresión, pues en lo más profundo de ellos mismos no están tristes. Sólo caminan desde un punto "A" hacia un punto "B" con parsimonia, mientras reflexionan sobre otros asuntos que no tienen nada que ver con el camino, ni con las gentes cruzadas a ambos lados, ni con los coches y papeles insignificantes tirados por doquier.

Hablé con Frank el primer sábado de Enero después de las vacaciones de Navidad. Se sentó junto a su madre al llegar al despacho y me miró analizando mis ojos aún más intensamente de lo que nunca nadie había hecho en ese lugar.

Yo no llevaba mucho tiempo allí, cinco años de profesión ofreciendo mi ayuda a chavales con problemas, violentos jóvenes sin empatía, adolescentes inmersos en dudas de todo tipo o púberes con crisis de identidad. Todos tenían algo, más o menos grave, no querían o no parecían formar parte del mismo mundo y yo estaba ahí justo para enseñarles de una manera u otra que deben ser parte del mismo.

Frank dejó de mirarme para enfocarse en su madre cuando ésta empezó a hablar.

No es normal, siempre está callado, me mira con esos ojos como perdonándome la vida y ya está. En casa normal, en el colegio normal, no habla demasiado pero es casi normal, hace sus deberes, come, duerme bien...

¿Entonces?

Pregunté yo desde mi sitio frenándole el discurso.

Nada, no le veo con vida y me asusto.

La madre era de ese tipo de idiotas con hijos que no quieren y que todo el mundo querría. Frank parecía ser listo. Aún no le había hecho el test de personalidad e inteligencia básico que les hago pasar a todos, pero ya casi podía confirmar que era listo. Sus ojos y su forma de no interactuar me ofrecían un escenario perfecto para estudiar a los que siempre había denominado "niños suelo".

Me acomodé en mi butaca, le miré tranquilo y le dije a su madre de soslayo que se fuera, que no podría seguir hablando con su hijo mientras ella siguiera en la misma habitación. Le di las gracias por haberle traído y por preocuparse, pero le advertí que, una vez dado ese primer paso, debíamos pasar al siguiente y para ello su permanencia junto a su hijo no era más que un contratiempo que nos impediría entender en detalle lo que pasaba.

No tardó demasiado en echar la silla hacia atrás, recoger su iPhone de mi escritorio y marcharse.

Adiós, mi niño.

Adiós, Alicia.

Respondí mirando a Frank compartiendo una sonrisa que no dejamos ver a su madre.

Parece que ya estamos solos.

Exclamé levantándome después de haber escuchado la puerta cerrarse al final del despacho. La madre se había ido aunque parte de su fragancia se mantenía alrededor del chico, de mi mesa, de las cortinas y de la alfombra.

Pensé en decir otras cosas pero un niño como Frank estaba lo suficientemente al día de todo para no necesitar a tipos como yo.

Su madre no sé había dado cuenta y yo si.

Frank me miró de nuevo y me lo preguntó directamente sin tapujos.

¿Lo sabes?

Asentí sin mover demasiado la cabeza.

Lo se.

Lo sabía, él sabía que lo sabía y por eso se quedó aún más tiempo parado mirándome.

Me levanté la camisa sacando la parte de la misma que estaba por debajo de los pantalones y cogí aire.

¿Qué haces?

Preguntó el chaval, quieto, escudriñando mis movimientos lentos.

Enseñándole el ombligo, le pedí que hiciera lo mismo que yo estaba haciendo.

No lo dudó.

Se quitó la camiseta de rayas que traía y siguió sentado mirándome.

Cogí un bolígrafo, lo acerqué a mi vientre y apreté fuerte sin apartar mis ojos de sus cuencas, introduje con delicadeza la punta del boli por el agujero del ombligo y esperé a ver su reacción.

A mí lado, el chico estaba repitiendo cada uno de mis movimientos. Cogió uno de los bolígrafos de la mesa y apretó hacia dentro sin miedo. Yo estaba tranquilo, muy seguro y convencido, sin embargo, me asustó un poco el ver algo de sangre de refilón tintando uno de sus dedos.

No había peligro, caí de rodillas cansado y le vi caer de rodillas a él también con el bolígrafo introducido totalmente en su vientre.

Frank ¿estás bien?

Pregunté desde abajo.

Sabías que lo estaría.

Me dijo con un tono de voz totalmente diferente.

Era hora de hacer el chequeo de los doce años tras la fabricación.

LA VIDA DE UN ZAPATO Y OTROS CUENTOS RAROS

11
LA VIDA DE UN ZAPATO

Existen historias que simplemente nacen en lo más profundo de nuestros deseos y que arrojan al mundo un breve y lujoso halo de esperanza. Sin embargo otras veces, una tenue voz nos cuenta entre susurros la verdad sobre algo que pocos han visto, tocado o vivido y que aun siendo real, está muy lejos de parecerlo.

Hoy me dispongo a transmitir lo que un día llegó a mí, se detuvo y pasó a formar parte de lo que soy, porque sólo las más increíbles historias son las que pueden llegar a cambiarnos.

La vida de un zapato no es más que un conjunto de susurros, vistazos y trocitos de sueños, que abren una ventana más a ese mundo que quiero mostrar.

Periodo 1. India

Los más ancianos son tomados por locos. Los jóvenes imberbes, hombres del mañana, ridiculizan con sus chistes y tremendos aspavientos a los sabios del ayer.

Mientras tanto, en una lejana tierra desprovista de río y rodeada de rocas del tamaño de gigantes, los "Pifuhh" viven en mágica armonía. Son gente tranquila, visten telas rojas que anudan a ambos lados del cuello y hablan su idioma mezclando sus palabras con una melodía que coincide con su estado de ánimo. Los Pifuhh nunca han competido por ser los más sabios, los mas longevos o los más duros, sin embargo, conocen un secreto.

Zabú había sido el jefe de la familia durante los últimos 20 años y recordaba con una dulce sonrisa las caras de júbilo de todos aquellos a los que contaba por primera vez su relato. Kazah, su mujer, por el contrario no se enorgullecía tanto y trataba de dedicar su tiempo a tareas carentes de misterio alguno para el vecindario.

Una extensa noche de invierno mucho tiempo atrás, Zabú se preguntó cómo podría ser más veloz. No quería ganar a nadie, sólo se preguntaba si existiría algún modo de desplazarse a mayor velocidad por los caminos de su mundo. Su idea era poder llegar mas lejos y contar aquello que descubriera a todos los que desean saber.

A lo largo de los meses, Zabú entendió que el hombre es un ser sencillo, humilde, que no posee mucho más que lo que se encuentra en su cabeza en forma de sueños, deseos y experiencia, pues el hombre es carne. Fue entonces cuando se dio cuenta de que no podría cumplir su hazaña: no podría caminar más rápido, no sería él quien lo hiciera. Pero que por el contrario, sabía que realmente pasaría .

Veinte años después sigue contando a sus hijos, a sus vecinos y a las rocas que rodean su pueblo, lo que vislumbró aquellos días. En su mente supo que los hombres serían increíblemente rápidos, que se desplazarían por campos, ríos y montañas. Nunca puso fecha a este hecho, no buscó el modo de hacerlo, solo quiso llenar las cabezas de sus hombres y de los hombres hijos de sus hombres, con historias.

La idea era siempre la misma, replicada mil veces con formas y colores diferentes que hacían vibrar la imaginación de sus oyentes. En resumen, Zabú contaba que algún día todos llevarían algo bajo sus pies, una especie de sandalias como las que todos calzaban pero realmente más especiales, más livianas y que respondiendo a los deseos de su portador, podrían llevarle a cualquier rincón del mundo.

Kazah estaba orgullosa de su marido, desde el interior de su casa escuchaba día tras día las aventuras contadas para unos y otros en la aldea y que, según Zabú, terminarían viviendo todos aquellos que pudiesen usar sus mágicos zapatos. A veces soñaba incluso que ella las vivía, que se iba lejos y que, a medio palmo del agua, se desplazaba por enormes océanos mientras las aves volaban a su lado.

Con los años, Zabú logró mejorar su historia. Los detalles pasaron a formar parte del día a día de la aldea y todos querían escuchar e imaginar ese nuevo capítulo que había sido forjado en la cabeza de Zabú la noche anterior.

El contador de historias.

El loco de las sandalias.

El gran Zabú.

Muchos fueron los nombres que le pusieron y tantos más los Pifuhh que quedaron maravillados con sus cuentos, pero sólo algunos, aquellos que desean volar, como acostumbraba a denominarlos Zabú, se sintieron contagiados de los viajes, de las mágicas capacidades de esas sandalias, y trataron de llevar a la realidad la infinita proeza.

No era fácil, pues ninguno tenía una mente brillante ni unos conocimientos suficientes para crear nada, sin embargo, algunos pintaron sus ideas, otros anotaron parte de los viajes escuchados y la mayoría replicó años después de la muerte de Zabú y en su memoria nuevos versos.

Mucho tiempo después, los Pifuhh siguieron hablando de Zabú, pues necesitaban transmitir una y otra vez aquello que sabían que pasaría en el futuro. Era su secreto, todos eran muy felices, todos vivían en una pequeña extensión bordeada de miles de rocas y, aun así, todos habían viajado mucho más de lo que nadie jamás había logrado.

La mente viaja más rápido y mucho más allá de lo que nunca podremos lograr caminando.

Finalmente el pueblo Pifuhh se extinguió.

Los jóvenes imberbes aun se ríen en los mercados callejeros de aquellos que creen que Zabú existió.

Los viejos lloran pensando que al morir se perderán las grandes historias de grandes hombres como Zabú.

La verdad no es tan terrible, pues todos seguían llevando sandalias, todos recordaban de una forma o de otra que alguien, sano o desquiciado, describió un futuro que marchaba a toda velocidad, aquella que los estaba impulsando a una nueva dimensión que ni siquiera ellos podían imaginar.

Periodo 2. China

No culpemos a los necios que atrapan con sus manos ilusiones que no dejan crecer. Abracemos a los fuertes hombres que dicen "Si".

Los secretos tienen una esperanza de vida inversamente proporcional a su importancia.

Se podría decir que, hace algún tiempo, Yan tuvo acceso a algo muy grande que se mantenía totalmente oculto y celosamente guardado por su familia.

Yan era capitán de barco porque así lo había sido su padre, y porque tiempo atrás su abuelo fue el hijo del primer constructor de barcos de Waanang.

Waanang era una floreciente ciudad costera del sur de China, un lugar que, como sus olas, vivía en constante movimiento, pues sus habitantes eran conocidos por todos como los aventureros hombres pez.

De esto hace poco tiempo relativamente.

Nuestro capitán de barco era alto, esquelético y con un gran sentido del humor. Pero también era un hombre que alardeaba de su pasado, que reconocía ante cada amigo, puta o paseante que gracias a su familia el mar se abría ante todos para devolver al pueblo la ilusión de los nuevos días. Si bien su inteligencia siempre se había situado a la misma altura que sus sueños, su boca se abría demasiadas veces dejando escapar las neuronas.

Yan adoraba el mar, y pocas eran las veces que dormía en tierra. Su cuerpo se había hecho al agua, su piel se tornaba oscura y recia, pues la humedad agrietaba sus poros, y la sal, aunque no pareciera cierto, mantenía joven su alma.

Un día, sin embargo, decidió alejarse del barco; el mismo día que prefirió separarse de los suyos y meditar. "Sólo los cobardes meditan", escuchaba decir a su padre siempre que un orador de la plaza les interrumpía a su paso.

Meditar no era tarea fácil en Waanang, las acciones

adelantaban siempre a los porqués y las dudas se teñían de un color que nadie quería ver, pues manchaban el honor del hombre pez y le dejaban desnudo de ambición y valor.

Yan siempre había sido un hombre pez, como todos los demás. Pero también sabía que, algunas veces, necesitaba dedicar dos docenas de horas a cada una de las dudas que tenía y hoy, la seca ciudad era el lugar más idóneo para ello. No importaba el tiempo que hiciera, el ruido, la gente o los olores, estando en tierra podría pensar nítidamente.

Cinco días duró su descanso.

Pasó cuatro noches acompañado por cuatro mujeres que le dedicaron su mimo, robándole las inquietudes de cada mañana mediante metros de piel y ternura. Los días, los pasó llevando de un sitio a otro sus pensamientos, arrinconando los imposibles y dando limpio aspecto a todos los que podía considerar como nuevos.

Y volvió a su barco, con su gente. Sus desastrosos compañeros alucinaron al ver a Yan cinco días después de su partida, serio, pero con un claro reflejo en su rostro que significaba algo que ninguno de ellos sabía.

Yan regresó al barco con un cofre de madera; un baúl del tamaño de una vaca, tan pesado, que hasta tres hombres fueron necesarios para llevarlo al interior de la nave.

No habló demasiado.

Su ceño siguió mostrando paz.

Marcó a sus hombres un nuevo destino, mucho más lejano.

Ellos decidieron seguirle.

Y el barco dejó de pescar para el pueblo, pues los días y meses consumieron en cubierta los peces y el alcohol necesarios para llegar a nuevas tierras.

Llegando a tierras lejanas, cuando anclaban el barco, a veces encontraban gentes profundamente cubiertas por el miedo ya que no entendían de velas, de remos ni de olas, pero que por el contrario, atentos, escuchaban pacientemente las instrucciones de Yan.

Ahora su boca seguía siendo como siempre, muy abierta, pero daba salida a nuevos pensamientos, haciendo saltar hacia los nuevos pueblos descripciones de planos, dibujos o explicaciones que hacían fácil el misterio de la navegación.

En ocasiones, Yan abría su baúl y mostraba extraños artilugios con los que todo cobraba sentido.

Muy lejos de estas nuevas tierras, en Waanang todos ya sabían que Yan había escapado con los secretos de la familia y el famoso baúl con los primeros planos de barcos de su abuelo, con todas las teorías de los mares y con raras herramientas.

Las razones por las que un hombre hace algo a veces no son lógicas, pues renuncian a su pasado para tener cabida en el futuro.

Yan abrió un nuevo mundo a muchos pueblos que comenzaron a construir barcos para pescar y viajar más lejos.

Y para prosperar.

Yan sigue siendo un hombre pez.

Yan ahora es un hombre pez que muestra a nuevos hombres y mujeres el camino al mar.

Los hombres nacen, escuchan, aprenden, callan, callan, callan, abren, dicen, cuentan, enseñan y crecen.

Periodo 3. Perú

La fórmula del miedo no esta llena de sombras, pues la luz pura es la que ilumina nuestros temores.

Podría hablar de hoy.

Podría hablar de mañana.

Podría hablar de ayer.

Y siempre hablaría de una posición en el tiempo similar a la nuestra.

Victoria descartó su pasado llegando al presente sana y vieja, pues sus ochenta años dan altura a los pliegues de su piel mientras sus pasos lentos la llevan día a día a lo que podríamos llamar, una especial aventura.

Una aventura que ocurre en una gran ciudad tal y como se las conoce, con sus coches de cuatro y más ruedas, con humos llenos de aniquiladores de ozono y con edificios tan altos como cincuenta iglesias de pueblo.

No necesitamos saber lo que hizo Victoria en sus primeros ochenta años de vida.

No nos interesa lo que hizo hace cinco minutos.

Nos interesa lo que ocurrirá mañana.

Pues en cierta medida, su mundo cambiará dentro de veinticuatro horas y no podrá hacer nada para evitarlo.

A Victoria le enviarán un documento que podrá leer gracias a las gafas que se interponen entre sus cálidos ojos y el duro mundo en el que vive.

Y de sus ojos brotarán lágrimas.

La noticia le pillará por sorpresa porque nunca antes había salido en televisión y había sido seleccionada por un canal nacional para participar en un nuevo programa. Durante los últimos tres meses sólo se hablaba de eso en Perú, porque el nombre, el slogan y el equipo científico que estaba detrás del proyecto, daban que pensar y ponían muy nerviosos a todos:

"Vida atrás - Porque no todo va a ser hacerse viejo".

Era un nombre excelente, el gancho era fuerte y conmovedor al mismo tiempo, porque hacía brotar sentimientos e intensos debates entre los grupos de amigos, trabajadores, familias y famosos.

Victoria tiene ochenta años y siempre ha soñado con morir tranquila, rodeada de su familia y recordando lo bonita que había sido su vida. Mentiría si dijera que no pensaba en ello a menudo, en cambio, todos sabían que ella se preparaba para ese día.

El miedo que le invadió cuando terminó de leer la carta se mezcló con el desconocimiento y las dudas, tratando de responder a las mil preguntas que se hacía.

¿Seré más joven?

¿Conoceré a los hijos de mis nietos?

¿Viajaré al pasado?

¿Es todo una tomadura de pelo?

Aunque esta última pregunta es la que más se hacía, en su interior, Victoria no deja de rezar para que realmente algo lo cambiara todo.

Victoria participará en el programa semanas después.

Será la primera persona del mundo que alargará su vida gracias a los estudios de un laboratorio internacional que necesitaba el apoyo de la publicidad y el dinero para seguir sus investigaciones.

Pero no será la única.

El programa de televisión se convertirá en fenómeno internacional y miles de ancianos multiplicarán sus años de vida en todo el mundo.

El avance de nuestra sociedad es compartido por toda ella, pues nos beneficiamos del trabajo de unos y otros para crecer, aunque es cierto que también nos comemos los errores y envidias de los que nos rodean.

Quedémonos con los anónimos que son capaces de regalar sueños.

La esperanza es un chorro de luz que nos acompañará cuando estemos asustados.

Periodo 4. Más lejos todavía

Más lejos parece inalcanzable. Nuestras manos se posarán en el futuro como siempre ha ocurrido y nuestros ojos mirarán a un pasado cada vez más alejado.

En un lugar difícil de describir, no somos más que ideas careciendo de cuerpo y aún así, sentimos una rara sensación de llegar más lejos pues algo aun nos falta.

Asssjo y Yuui son dos hermanos gemelos a todos aquellos que conocen, pues hemos perdido los huesos, la carne y el rostro.

Son dos ideas nuevas de un brillante futuro y se dedican a estudiar el mundo antiguo, el mundo físico que formaba parte de las vidas de sus ancestros.

¿Cuándo dejamos de tener cuerpo?

Muchos años atrás el hombre aprendió a no necesitar caballos, ni coches, ni naves para desplazarse, pues reduciendo todo a energía entendió que podría saltar de estrella a estrella en décimas de segundo, sin ocupar más espacio que el que ocupan dos millares de fotones.

Asssjo y Yuui estudiaron los avances de nuestra especie

durante cientos de años y se congratulaban de vivir en la mejor de las épocas.

Ya no existía el daño ni la muerte tal y como entendemos ahora, pero al igual que en el pasado, una infinita cantidad de nuevos hombres como Asssjo y Yuui se preguntaban qué sería de ellos si dejaban de brillar las estrellas, si toda la energía del universo se apagara.

La población completa de nuevos hombres buscaba sin descanso una alternativa.

"Podríamos crear un nuevo universo", se decían muchos mientras sus iluminadas mentes trataban de encontrar una solución a sus miedos.

Nunca sabremos cuando la noche llegará.

Quizás el final llega y nos atrapa sin tener completo conocimiento de qué ha ocurrido.

Pero no pasó.

Nunca ocurrió.

Los nuevos hombres seguirán adelante siempre pues una idea forma parte de todos ellos.

¿Qué podríamos encontrar mañana?

¿Cómo podríamos llegar?

¿Que pasaría si…?

…

Las preguntas nos hacen grandes.

Los enigmas nos mantienen vivos.

Las respuestas siempre nos dejan con hambre.

La vida de un zapato

El tiempo es un misterioso efecto que nos acompaña desde el primer día de nuestra existencia.

Nuestro camino individual no se encuentra dibujado y detallado mediante líneas, colores ni grosor; sin embargo, un impulso inherente a nuestra sociedad nos empuja en una dirección que, aunque desconocemos en detalle, podemos sentir profundamente.

Ya el primero de los hombres sintió el empuje de esta fuerza que, como si de un contagio se tratara, afectó por igual a todos los siguientes hasta nuestros días. Es más, uniendo por puntos el futuro, sabemos que siempre será así y que nuevos hombres y mujeres seguirán llevando adelante la energía que hace avanzar a nuestra especie.

Se dice que caminamos, que descubrimos, que nos apasionamos y deseamos seguir.

Y ¿por qué?

Porque tenemos algo que el resto de animales o plantas no posee, porque la magia, aquello que no puede explicarse con palabras, nos muestra ese camino que compartimos como pueblo.

Desde el principio, el hombre comenzó a ser hombre en el momento que sintió la fuerza de su zapato. El hombre nunca entendió por qué algunos pasos le llevaban a ser el mismo, a no cambiar, a comer, reproducirse y morir y otros pasos le llevaban a cometer imprudencias, a luchar, a cambiar lo conocido, a tratar de ver el mundo oculto tras las rocas, los mares y el espacio.

Podríamos decir que todos poseemos dos zapatos.

Y son muy diferentes.

Uno forma parte de nuestro pasado y es el que compartimos con el resto de seres de la naturaleza, pues en lo más interno de todos, deseamos vivir un día más, sin más sueños o preocupaciones que los que ocurren en ese mismo momento.

El otro, por el contrario, nos pertenece únicamente a nosotros y su mensaje sólo puede entenderse apagando el ruido, dedicando el tiempo necesario a escuchar nuestro interior, meditando, reflexionando y preguntándonos el porqué de cada cosa.

Pero no todos sabemos escuchar y seguir los impulsos de este atípico zapato.

A lo largo del tiempo, los hombres y mujeres de nuestro mundo han escuchado de manera desigual a sus zapatos. Unos sintieron la llamada muy pronto, pues desde pequeños mantuvieron una extraña aproximación al futuro, preguntando y buscando algo que no sabían realmente dónde se encontraba.

La mayoría, sin embargo, camina toda su vida con un sólo zapato, pues es incapaz de ver las increíbles posibilidades del segundo.

Zabú fue el primer hombre que fue consciente de la existencia de su zapato, pero del mismo modo, al no entender el significado del mismo, pensó que físicamente un pedazo de tela bajo nuestros pies nos abriría la puerta a un futuro lejano y glorioso.

Ese zapato ideal en forma de sandalias mágicas, viajó por las mentes de los pueblos de ahí en adelante, descubriendo nuevas posibilidades para todos. Muchas veces la voz de este zapato se perdió durante un largo tiempo, debido a que ningún hombre supo escuchar, y otras en cambio, supo adentrarse en las mentes de muchos dando lugar a los mejores momentos de nuestra historia.

Nuestro zapato ya no es un niño, y viviendo todas las edades de nuestro mundo, ha vivido más que cualquier hombre.

Y así seguirá siendo mientras sigamos viviendo.

La gran pregunta que deberíamos hacernos sería: ¿cuántos de nosotros miramos el mundo sin ilusiones, sin sueños, sin deseos?

¿Cuántos somos sordos?

¿Cuántos no escuchamos a nuestro interesante amigo?

Realmente no importa, no somos más que carne, somos uno más uno más uno en un determinado espacio de tiempo.

Y no importa.

Porque el zapato sigue vivo, callado y paciente, esperando su momento.

Viviremos miles de años y entenderemos todos los secretos del universo, viajando allá donde nos lleve nuestro zapato, siendo nosotros el vehículo de sus sueños, siendo nosotros aquello en lo que confía su existencia, pues no es nada si no somos nada nosotros.

Y no importa si es hoy, mañana o dentro de un millar de años, porque el hombre, como hombre, es justo aquello que da sentido a la vida de un zapato.

LA VIDA DE UN ZAPATO Y OTROS CUENTOS RAROS

12
VIAJE

El volante del Lexus delante, girando de izquierda a derecha, de derecha a izquierda y sus ojos posados en las veinticuatro horas que ocurrieron hace ya seis. El brazo derecho caído a un lado, acariciando el suave plástico que rodea la palanca de potencia.

Atrás quedó el tacto de su piel, la frescura de su pelo fino escapando entre los dedos rugosos de Luis, el brillo sincero de la ilusión que nace en el momento más inesperado.

Los ojos en blanco le recuerdan que puede seguir viajando, dejándose llevar por ese camino desconocido, acolchado y sin baches mientras continúa absorto pensando en ella.

En solo dos horas pudo decir todo y solamente le dijo que sí.

Besos, caricias, promesas, miradas, deseos.

Dijo que sí.

Luis a menudo habla demasiado, se envuelve en un murmullo sin fin, lleno de pasados y futuros, se pisa en las anécdotas, en las buenas y malas impresiones, en los chistes, preocupaciones y anhelos.

Pero a veces, todo eso da igual.

Dijo que sí y mientras viaja nervioso, excitado y feliz, sigue con los ojos posados en el día que pasaron juntos, pues no importa el volante, ni si gira a uno u otro lado, ni el camino, ni los baches, no importa si flota, si va más despacio, no importa el número de horas que lleva así, no importa lo lejos que llegue.

Dijo que sí, el camino sigue, ella sigue, Luis sigue.

Sigue diciendo que sí.

LA VIDA DE UN ZAPATO Y OTROS CUENTOS RAROS

13
PENSAMIENTOS DE AUTOBUS

Mientras me balanceaba de uno a otro lado del autobús, golpeando por igual a un niño con mochila de rayas y a una mujer adulta de pelo desmarañado con bolso de cuadros, ha llamado mi atención durante un breve instante, un conjunto de detalles que se mostraban agrupados y en paralelo al otro lado del ventanuco.

Llovía ligeramente y todos los coches ajetreaban de forma regular sus limpiaparabrisas, dejando formar al haz de sus faros, un reflejo la mar de simpático en el asfalto mojado.

Dos tipos vestidos con el chándal de un equipo de fútbol conocido pero innombrable, se encontraban saltando sobre un charco de la acera, riendo, gritando y moviendo de forma exagerada sus brazos.

Los árboles goteaban con dejadez, sorprendiendo a los caminantes con gotas del tamaño de piñones, que refrescaban de manera inesperada el pedazo extenso de piel sobre el que caían.

Los edificios detrás del parque ardían en llamas, todos ellos, ninguno se salvaba del sacrificio de ladrillos, tejas y cables, se quemaban desde la planta baja, algunos llegando a su cima y otros aún esperando a consumirse por completo.

Yo miraba despacio, consternado y sumido en una parsimonia misteriosa, nada me resultaba extraño.

El conductor del autobús giró a la derecha y subió la castellana dejando todo ese fuego atrás. Nadie dijo nada, yo mismo enmudecí y cerré los ojos recordando la escena que segundos atrás quedó proyectada en mi.

En ese instante escuché al niño que tenía a mi espalda mientras su manita tiraba de mi camisa hacia abajo.

Señor, señor, ¿a nadie le importa que se quemen las cosas?

Esperé a entender su pregunta.

El resto de los viajeros me miraron callados, algunos durante leves segundos y otros intensamente durante el tiempo que tardé en articular mi respuesta.

No se está quemando nada pequeño, habrá sido algo que te has imaginado.

El niño me miró con cara extraña, algunos de los viajeros se dieron la vuelta, otros se sentaron y algunos salieron en la siguiente parada devolviéndome el saludo en ese sencillo y declarado gesto de asentimiento. El niño me seguía mirando y a su vez se miraba hacia si, como preguntándose si realmente había visto o no las llamas.

No señor, no me invento nada, las casas se estaban quemando, había mucho fuego y todo el mundo me dice que no pasa nada, que es mentira, que veo lo contrario a lo que es.

Silencio.

Hubo silencio.

El conductor frenó en seco, golpeó el cristal de la mampara que separaba su habitáculo del resto de chusma que entraba y salía del autobús y gritó mirando hacia atrás.

¿Pero es que nadie va a hacerlo?

La mujer que tenía el bolso de cuadros de colores metió la mano en el bolsillo de su abrigo, sacó un bote pequeño transparente y enfocando al pobre niño, pulverizó en un santiamén sus ojos con saña hasta que los gritos frenaron.

Nadie hizo nada.

Me callé.

El niño se echó al suelo llorando, cubriendo su cara con las manos, sacudiendo un poco el cuerpo, temblando contra el negro fondo.

Yo me giré, alejando la vista del crío idiota que acababa de perder la vista por decir tonterías.

La mujer agarró el frasco con las dos manos y lo metió en el bolso despacio, asintiendo con suavidad, repasando las caras de los presentes.

Los presentes asintieron despacio y delicadamente.

Pude ver la escena congelada, a algunos con el mismo frasco en sus manos, sacándolo del bolsillo, metiéndolo, abriéndolo, cargándolo o incluso apuntando.

Yo me giré noventa grados hasta posicionarme al lado izquierdo del autobús.

Al otro lado, las llamas se estaban comiendo la ciudad. La Torre Picasso aparecía negra y carcomida, el resto de las torres de AZCA humeaban, el agua de lluvia corría de arriba a abajo contra las lunas de los coches.

No pasaba nada.

Cuando el autobús llegó a su última parada se detuvo. Toda la chusma inmunda salió fuera y caminó de forma radial hacia puntos inconexos. El pequeño niño se levantó, se agarró a la barra de la puerta y se salió hacia fuera llorando.

Corrí despacio.

Me acerqué poniéndome a su altura, le cogí las manos y le dije al oído muy bajito lo que al parecer nadie debió decirle antes, no le conté demasiado, sólo algunas cosas, el antes, lo que había visto, lo de la gente, los autobuses, lo que esperamos y porqué.

Me miró sin verme.

Me dio las gracias

Corrió lejos.

Yo no le seguí.

Me dispuse a continuar mi camino, andando despacio por una ciudad en ruinas que nadie quería aceptar.

Ni siquiera notábamos ya el calor de las llamas...

Así era vivir en el infierno.

14
ME RAJO TODO

Descanso de toda tú.
Me agarro los dedos de la mano y...
... Usando las uñas me excavo.

...

Mantengo la boca cerrada.
La puerta cerrada, la luz a oscuras.
Araño la dermis del talón, la separó de la carne y tiro.
El pellejo es seco, blanco, sucio, es fino.
Al suelo va, planeando.

...

Sólo paro cuando siento algo suelto en algún otro sitio.
Cerca del dedo gordo está listo.
Me arranco pequeños pedazos de mi, los miro, los soplo.
Los tiro.

Lanzo al aire un gruñido.
Me estorba el rojo.
Me estorba si camino.
Me estorba que los bajos duelan.
Que andar sea dañino.

...

Camino de la cama encuentro.
Un nuevo hueco.
Un nuevo lío.
Cualquier parte del cuerpo vale.
Más sólo gozo y tiemblo.
Si el tajo duele, si el dolor es mío.

LA VIDA DE UN ZAPATO Y OTROS CUENTOS RAROS

15
NO PUDE DORMIR

Anoche no podía dormir. Estuve rotando de izquierda a derecha en la cama de forma discontinua a lo largo de más de tres horas. De nada servían el colchón de ciento cincuenta centímetros de ancho ni las almohadas de látex recién compradas en Carrefour.

Se notaba que el verano iba a ser grueso, de pelo largo y agobiante. Se sentía en el aire caliente de la noche, en el malestar humano del transporte público, en la necesidad de poner el aire acondicionado en el coche nada más entrar a media tarde.

Se notaba en tus ojos.

A principios de Junio lo normal es no tener demasiadas ganas de meterse en una piscina, sin embargo, yo ayer me metí. Lo recuerdo perfectamente ahora, el agua era azul clara de color carne, la temperatura inesperadamente cálida y la socorrista indudablemente torneada. Nadé sorteando brazos, piernas y torsos más o menos durante media hora, me tiré de cabeza, floté feliz quemándome el pecho y descubrí que el calor no era tan malo si se tenía algún remedio casero para solucionarlo.

Anoche les repito que no pude dormir.

Siempre duermo desnudo, en invierno y en verano, solo y acompañado, en casa y de vacaciones. Me gusta sentirme libre, sin ataduras tejidas sobre mi cuerpo, quiero sentirme yo mismo en la noche y entrar al mundo de los sueños sin un traje ya decidido, prefiero saberme actor de un mágico teatro que coloca sobre mí los atavíos que correspondan, según la obra seleccionada por un maestro de ceremonias desconocido.

Mi pesar llega cuando soy incapaz de recordar el papel desempeñado, me acuesto y cierro los ojos, me duermo, sueño, vaya si sueño, y despierto reiniciándome equis horas después de haberme acostado sabiendo que me han aplaudido, pero soy inútil para recordar algo, muy pocas veces lo hago y en blanco un nuevo día construyo.

Anoche en cambio no pude dormir y tuve tiempo suficiente para pensar en detalle sobre cada minuto del día que aún recordaba. Me convertí en mago del tiempo, saltando de segundo en segundo sobre mi barita, tratando de asirme a un momento calmado y fresco de los vividos que me permitiera cerrar un poquito más los ojos, algo más de lo que se cierran cuando sabes que están cerrados, cuando aprietas sin fuerzas y pasas cayendo ante el agujero negro de la noche, atravesando el telón de los sueños que yo ansiaba traspasar.

Y aún así, no fue posible, los ojos, ambos, tan marrones y comunes como los de el resto de mis amigos, se abrían automáticamente en cada intento, enfocando al techo si boca arriba me encontraba, y todo para no ver nada, pues la luz de las farolas era mitigada por una fusión de cortina y persiana.

Al cabo de los cuartos de hora me reconfortó ser madrileño, mis pupilas se fueron adaptando a la oscuridad de la alcoba hasta ser apto para ver en blanco y negro casi sepia cada uno de los recovecos de la estancia, las molduras del techo, primero, y después, los tiradores planos de los muebles, el dibujo de círculos concéntricos de la colcha, mi cuerpo.

También pude ver tus ojos.

Pasadas las primeras dos horas no entendía por qué seguía así, no había tomado café desde el desayuno, ninguna sorpresa amenazaba mi placidez al menos que yo supiera.

Empecé a sudar cuando comprendí que debía buscar una solución a mi problema pensando en algo más lejano que el día de hoy. No sería necesario mirar hacia delante, pues el futuro nunca me había asustado, atesoraba la idea de que la incógnita se encontraba en mi pasado, pero eso significaba volar atrás en el tiempo y no sé si tendría el suficiente para hacer un repaso conciso a mi niñez, adolescencia y años que la proseguían.

Decidí pensar en tus ojos.

¡Dios mío que cansado estaba! Probablemente las piernas ya estuvieran dormidas, los pies al menos ni se movían, mis párpados, totalmente abiertos dejando a la vista hacer de las suyas, me indicaban que no estaba equivocado, pues claro estaba que debía seguir mirando.

Si los cierro actúo, si me duermo sueño, si echo a un lado el telón y entro, todo podría haberse acabado y no quiero, no quiero ser otro de nuevo, prefiero seguir despierto desnudo, conmigo, contigo.

Con tus ojos ahí, tumbados a mi lado.

16
¿OYES?

Escucha mi latido.
Dice te amo, te quiero, te admiro.
¿Oyes mi voz?
Es a veces un grito, otras un susurro.
Pero siempre te llama.
Siempre te pide.

Ven conmigo mi amor.

17
EL INMIGRANTE

El 17 febrero de 2015 llegó a Daganzo de Arriba. Hoy, sólo cuatro años después, se celebra en Cobeña, Algete, Ajalvir, Valdeolmos y en el mismo Daganzo el día del Inmigrante, incipiente festividad rica en colores vivos que contrastan con la época del año y que trae por segundo año a la región, una penetrante fragancia de achiote, chile y camarones.

Xuinlog cruzó el mundo junto a su padre, caminando con un par de sandalias negras. Paraba sólo en algunos emplazamientos cuando se hacía de noche, pues no entendía establecerse y disfrutar de un lugar mientras supiera que no era el correcto, tampoco quería perder el tiempo holgazaneando en casas de comida ni lupanares.

No es correcto por ser bonito.

Decía Xuinlog.

No es correcto por ser duradero.

Mascullaba.

Padre e hijo tardaron meses en llegar de Hanoi a Europa. Xuinlog siempre miraba con tremenda curiosidad a los hombres con quien se cruzaba, a veces incluso quieto, abriendo la boca y emitiendo sonidos confusos señalando con la palma de la mano. Señalar con la palma de la mano era una costumbre que había copiado de la familia de sus abuelos maternos, inicialmente lo hacía para reírse de ellos cuando no se entendían por la diferencia de edad, pero con el tiempo llegó a interiorizarlo, convirtiéndolo en un rasgo puro de su personalidad que usaba alegremente al sorprenderse por cualquier cosa que se ponía en su camino.

En cuanto llegaron a España, padre e hijo respiraron comodidad al tocar las paredes del edificio del primer puerto que pisaron en Valencia. Después de desembarcar tras una travesía de cuatro días por el Mediterráneo, pareció ser lo que buscaban, olvidaron incluso el agua y la sopa de pescado que les habían dado para comer, pues algo les decía que allí era donde debían llegar.

Algo sentían mientras sus manos se posaban de casa en casa, haciendo raspar el blanco de las paredes con los callos del viajero, algo aparecía en sus ojos al hacer contacto entre ambas superficies, la humana y viajera frente a la artificial, vertical e inmóvil.

Curviki.

Gritaban ambos, viendo sus manos mancharse.

Curviki.

Repetían de día y de noche, sabiendo que el sentido más grande de lo que hacían se encontraba en el próximo muro.

Ahora se sabe en Daganzo que Curviki representa el mayor gozo, la dulzura de lo que se desea y se toca, se mira o se huele, Curviki es el canto a lo logrado, retumbando profundamente en el interior de nosotros mismos.

Llegado el momento, el padre de Xuinlog cerró los ojos pasado el primer pueblo y se puso a caminar junto a su hijo despacio, con una mano agarrada al batín para no perderse y la otra, izquierda o derecha, alargada en búsqueda de las paredes a las que siempre respondía con júbilo.

La estampa no recordaba a nada parecido, dos caminantes de extrañas ropas, lentos y uno pegado al otro, uno más viejo, otro más joven, peregrinos sin destino sacados de un libro antiguo, que al mismo tiempo que transitaban, sus manos palpaban casas, comisarías, estaciones de servicio, paradas de autobuses, coches aparcados o señales de tráfico.

Todo valía.

Atravesaron campos de cultivo, ciudades modestas, pueblos casi fantasma, carreteras de asfalto recién horneado y caminos de tierra llenos de hoyos donde tropezaban, bien por culpa de los harapos en que se habían convirtiendo sus ropajes, bien por las piedrecillas sueltas que les hacía zozobrar su trote.

Viendo a padre e hijo marchar de esa guisa, uno diría que las burlas formaban parte estrecha de su viaje, españoles valencianos y valencianos no españoles podrían haber caído en la casi fácil opción de la risa, señalando con el dedo, sacando fotos o estorbando la línea invisible que les llevaba del lunes al martes, del martes al miércoles y así sucesivamente hasta llegar al domingo.

Xuinlog no llevaba dinero ni otros bienes, sin embargo, esto no era motivo de agravio, pues tal y como les digo, las gentes con las que temporalmente se cruzaban de camino en camino, eran nobles y poco acostumbradas a la chanza, sea quizás por bondad innata de los mismos o por el efecto contagioso de la tranquila calma que transmitían los dos inmigrantes.

Cuatrocientos veintisiete días después alcanzaron el centro de la península.

Cuando allí llegaron, lo habían probado todo. No hablaron nunca con nadie pero escucharon las voces de todos, de niños y viejas, de parejas de enamorados, de maridos y abuelos, de todos, voces huecas, gritos y diálogos vacíos o llenos de vida, sonidos agudos, señales de ciegos y murmullos de muertos.

Lo habían probado todo, bocados ofrecidos por las gentes a su paso, zarajos, arroces, embutidos, productos hortelanos en crudo, cocidos o asados. Bebieron vinos, infusiones, refrescos de cola, licores de mil años, destilados de mil frutos que procedían de árboles, arbustos o matojos.

Todo.

En silencio anduvieron.

...

Todos querían verlos.

Mucha gente les había seguido.

Un buen día, viejo y joven, Xuinlog y su padre dejaron de caminar, quedaron parados en medio de todas esas personas que les miraba desde los balcones y desde cada extremo de la calle. No supieron qué hacer, había demasiada gente y por eso, agarrados el uno al otro se abrazaron. Lo hicieron durante una hora, en silencio, nadie se atrevió a hablar, nadie quería molestar ni interrumpir ese brillante momento que por un instante se grabó en las retinas de todos.

Xuinlog parecía irremediablemente más joven; su padre, agotado e irresistiblemente más anciano.

Al separarse, se miraron, observaron a todos los hombres y mujeres que seguían congregados junto a ellos, a continuación gritaron mirando al cielo varias sentencias que no dejaban de ser incomprensibles por los asistentes que les rodeaban y finalmente, se sentaron en el suelo.

...

Tras pasar toda la noche al raso, Xuinlog se levantó con el primer rayo de sol y siguió andando sabiendo que no restaría más de una jornada de camino.

Su padre jamás despertó. Quedó dormido sobre el asfalto y el polvo con los ojos cerrados. Murió o no, acompañado de un murmuro general que rodeaba su cuerpo en la calle.

Xuinlog se había despedido ya y no entendía por qué el resto de la gente seguía preocupada. Su padre había vivido una larga y placentera vida y ya no podía continuar.

Llegó a Daganzo de Arriba una fría noche de febrero de 2015.

Cuando llegó no estaba solo, un millar de habitantes de los pueblos de alrededor le seguían y nadie sabía realmente por qué lo hacía. Algunos caminaban sin zapatos, otros con el pecho al descubierto y muchos más con las palmas al frente señalando extendidas.

El inmigrante se encaminó a la plaza de la Villa y situándose frente al ayuntamiento, miro detenidamente a todos los transeúntes que le seguían.

Curviki.

Gritó.

Todos respondieron a una misma voz, y digo todos porque no fueron solo los presentes, muchas voces se escuchaban aún desde el interior de las casas, muchas ventanas se abrieron para dejar salir curvikis airados, muchos visitantes, contagiados por la muchedumbre, gritaban también al cielo, a la calle, a los unos y a los otros, a Xuinlog... y a su padre.

En ese momento ocurrió.

Todos se empezaron a encaminar en dirección a Xuinlog, de forma delicada, él cayó al suelo con las palmas de las manos colocadas hacia arriba mientras que los demás seguían pasito a paso acercándose al inmigrante.

Estaba rodeado por todos, ya se encontraban tan cerca que casi podían tocarle.

De una extraña manera y sólo cuando nadie podía ya ver al inmigrante que se encontraba en medio de una especie de tornado humano, apareció mucha más gente, señores que volvían del trabajo, niños saliendo de las aulas, madres que empujaban las puertas de sus casas tras de sí para unirse al gentío, señoritas de todos los pueblos cercanos que habían escuchado algo, albañiles, fontaneros, agricultores, profesores, curas, alcaldes y enanos.

Cuando todos estuvieron lo suficientemente cerca, cuando las palmas tocaban los culos, los pelos, las caras de sus vecinos y amigos, cuando Xuinlog era poco más que un grano escondido entre tanta arena, en ese mismo momento todo brilló.

Se hizo de noche.

Se volvió a hacer de día.

Llovió.

Se hizo de noche.

Pasaron más días.

...

Nadie recordaba ni podía describir al inmigrante pero todos sabían que le habían visto, sentido, tocado, incluso escuchado hablar.

Nunca dijo más que una sola palabra. Todos recordaban cuál era.

Nadie volvió a verle jamás.

...

Curviki

18
SUSTO INESPERADO

Hoy me he sentado frente a ella, la he mirado a los ojos y antes de que pudiera encender la tele le he dado un beso en los labios. Me he puesto un poquito más serio. Creo que se me ha notado en los ojos que necesitaba hablar con ella y con un susto inesperado se ha apoyado en el sofá hundiendo la cabeza hacia atrás como queriendo huir despacio de mi.

No pasa nada cariño.

Dije tratando de eliminar el miedo que trataba de salir de sus lacrimales.

Le cogí las manos, agarré el aire cargado del salón y lo introduje en mis pulmones para después dejarlo salir mientras le decía:

Te quiero Paula, te quiero mucho y sé que quiero seguir siempre contigo.

¿Pero?

"Tenemos que hablar" no quería que fuesen las siguientes palabras que salieran de mi boca pero lo fueron, quizás como consecuencia de tanta maldita película acumulada y atrapada en mi cabeza, quizás porque, en cierto modo, era totalmente cierto.

Me abrazó fuerte, me atrajo a ella haciéndome sentir el calor de su cuerpo, la curva de su pecho y la humedad de una lagrima que siguió su recorrido descendente por mi cara.

Llevamos cinco años juntos y yo necesito más chispa.

¿A qué te refieres?

Volví a separarme de ella y dejando salir todo lo que tenía ensayado le comenté: Ya sabes, más chispa, más calentura, más emoción entre nosotros al despertarnos o el finde por la noche o un miércoles según llegamos del trabajo, no se, que se note que te pongo, que nos gusta el sexo, que quieres verme gozar de maneras que ni siquiera aún has visto.

Flipo.

¿Flipas?

Juro que no dije más, no pude decir nada más. Me levanté, me di la vuelta viendo como ella estaba abriendo la boca para decir algo, pero no le dejé:

Si no entiendes que una pareja necesita sentirse viva en la cama es que has pasado a ser mi amiga ahora mismo. Te quiero pero paso, paso de seguir así aguantando y aguantando, esperando la llamada a la cópula, deseando que mañana te apetezca un rato de cuerpo mientras se me ocurren nuevas formas de llamar tu atención.

Eso le dije siendo yo ahora el que lloraba camino del baño.

¡Espera, coño!

Gritó y se levantó, se acercó a mí abrazándome y diciendo:

Madre mía, si que teníamos que hablar, está claro que estás muy jodido y que incluso te has planteado cosas más graves que las que me has dicho. Flipo porque me ha parecido genial que hayas sacado el tema y pensaba que no te importaba, flipo porque estoy de acuerdo contigo. Te freno ahora porque me da miedo que digas más cosas, que la mente te traicione y me suelte delicias que no quieres decir.

Volví a darme de nuevo la vuelta para mirarle a la cara. La verdad es que era preciosa y la quería más de lo que nunca había querido a nadie. Yo estaba nervioso, casi temblando por la tensión de los últimos minutos o incluso de las últimas semanas, ella estaba roja y sudando, me miraba con la boquita cerrada, entre abriendo y cerrando un poquito los agujeros de la nariz como hacía siempre que estaba excitada.

No dije más, ella no dijo más, se desnudó y cogiéndome de la mano me hizo avanzar en dirección al sofá. Cogió el mantel que había sobre la mesa baja que usamos para cenar y cayeron al suelo las migas y los vasos que no supieron mantenerse fijos en el aire. Cubrió mis ojos con la tela dando varias vueltas a la cabeza y me anudó fuerte en la nuca, me lamió ahora los labios, me empezó a quitar la ropa como pocas veces había hecho antes, pasando su lengua por cada nueva zona descubierta. Al despojarme de todo sentí el picor de una miga seca pegada al mantel que ahora estaba pegado a mis ojos, eso y sus manos que empezaron a acariciarme todo.

Se acercó a mí oído y me dijo.

Disfruta cariño, tengo tantas cosas en la cabeza como días en nuestra nueva vida.

Flipo.

Susurré asombrado, enamorado, desnudo, excitado y con un susto que aún recuerdo cada uno de mis días.

19
TERNERA

Fernand no se ducha todos los días. Podría decirse que su cuerpo se mantiene limpio por más tiempo que el de sus semejantes, pero no es así, realmente es un poco guarro y perezoso y mira la bañera con una expresión de apatía que no cambia ni siquiera cuando lo hace desde el interior del vaso, ni mientras le caen las gotas en la cara.

Hoy le tocaba ducharse y aunque pueda parecer estúpido, Fernand no tenía esponja. No era realmente una noticia novedosa pues habitúa a apretujar el bote de jabón dejando salir el chorro sobre la mano que tiene libre, para más adelante frotarse el cuerpo. Este mecanismo se repite del orden de tres y cuatro veces por sesión de agua mañanera, del bote a la mano y de la mano al pecho, a los brazos, a la polla, al culo o a las piernas.

Probablemente no se da cuenta de que el jabón lava más las tuberías que su cuerpo, ya que los chorretones se precipitan muchas veces resbalando por sus manos hasta caer al piso sin haber siquiera rozado la piel que corresponde.

Al otro lado de los azulejos mojados, una pareja de Paixwers observa con detenimiento los movimientos de Fernand, que ajeno a todo sigue enloquecido en un baile espontáneo bajo la falsa lluvia.

Sin previo aviso y de forma misteriosa se corta el agua.

Nuevamente, de forma misteriosa, se raja el techo y cae una vaca desde lo alto.

Y Fernand muere.

La pareja de Paixwers gruñó devolviendo la palanca a su posición original.

Rukl y Tukl llegaron a la tierra hace diez años y llevan desde entonces aburridos experimentando con nuestra especie, que les resulta patética, sin gracia y sin futuro.

Durante los primeros meses se encargaron de los análisis rutinarios que formaban parte de todo desembarco. Tras este primer periodo, se completaron los informes que mostraban sin duda alguna el bajo potencial del ser humano, concluyendo que ni siquiera era superior al resto de especies que habitaban el planeta.

Los criterios seleccionados para el estudio comprendían a rajatabla cada uno de los puntos primarios de las capacidades Paixwer, englobando la comunicación atemporal de la especie, la visión tridimensional no bloqueante, la supervivencia a los rayos de Nikal o la sabiduría planetaria de grado elíptico.

Una vez fueron compartidos los informes con la comunidad, se confirmó que Tukl y Rukl debían esperar en la Tierra el paso de las llamaradas intergalaxiales existentes entre la Vía Láctea y Kupar; sólo después de su atenuación podrían poner fin a su insulso viaje.

El tiempo de más vivido en la Tierra junto a nosotros lo dedicaron a exprimir su experiencia en base a los límites del hombre, alimentando sus manías y registrando en sus mecanismos de memoria cada sonido diferente provocado por el impacto de diferentes tipos de animales en seres humanos elegidos al azar.

Cruchhhchchchhc.

Plojkchjkchjkchjkch.

Sólo con las vacas murieron tres mil cuatrocientos hombres y mil setecientas mujeres.

Era hora de volver a casa.

¿Cuanto tiempo les quedaría?

Repasando sus apuntes mentales, verificaron que la fase ternera había terminado al tiempo que descubrían que su aburrimiento seguía intacto.

¿Y mañana?

20
MALO

Un día como hoy me convertí en un ser que no quería.

Recé porque no ocurriera el desastre y no supe frenar en nada, seguí descalzo, caminando con las plantas desnudas, sintiendo el amargo de las rocas.

Dejé de mirar atrás para solo mirar adelante, mi egoísmo me cegó en las formas que siempre había repudiado.

Me odié a mi, me miré y sin caer de rodillas sentí que mi mundo se hincaba en el suelo.

No vi a nadie más que los que ya no eran nada mío.

Olvidé quien era, olvidé que antes era otro, olvidé que mañana podría ser distinto si yo lo hubiera perseguido.

Pero perseguí lo que debe dejarse en el olvido, me enfrasqué en una búsqueda sin suerte.

Era pequeño y aprendí que el amor, las risas o lo sencillo eran mucho más importante que lo que no tenía.

Y ahora que tengo años y tengo lo que antes no tenía, tengo el dolor de ver en qué me he convertido.

Mis manos son ásperas, mi piel araña, mi ojos no transmiten calidez ni esperanza.

Soy un engaño, desperdicio el tiempo en hacer daño, caigo en el profundo pesar de no querer ser quien soy ahora.

Siento miedo de coger un espejo, de escucharme, de pensar en voz alta y no querer oír lo que canto.

Nunca quise ser nada.

Siempre quise ser algo.

Siempre he sido, siempre somos, siempre me han querido.

Me desplomo, me aniquilo, me pego un tiro al pecho y aun así se que nada me parará.

Le pido al mundo ayuda, a mis genes, a quien me escucha bajito, a quien me mira y dice: éste no es el mismo, éste podría haber sido otro.

Me destierro de ti, de ella, de vosotros, no soy digno de llamarme igual que lo que ya no era.

Me parto en pedazos, me duermo para no vivir sufriendo, para no hacer sufrir al mundo al que daño.

Yo era bueno.

Era feliz, pensaba que estar vivo era un milagro.

Yo era bueno.

No me debieron dejar intentarlo, no me debieron dar alas, dar motivos, dar abrigo.

Pues la noche llega, el sol calienta, las personas que te aman quedan o se van, sabiendo que tu eras.

Que eras un rayo de vida, que eras el principio de un futuro por todos deseado.

Y te has convertido en mierda, en lo que nadie quiere, en

lo que desecha el cerdo, has pasado a ser un cero, un asco, una mentira horrible que mal sueña, que mal vive, que enciende el fuego que va a llevarnos a todos al infierno.

21
EL AGUJERO DE DUBA

Son las diez de la mañana y sigue sin llover en Madrid. Bertha mira al cielo y se estremece viendo esas nubes claras y jubilosas que van de aquí para allá corriendo por el campo azul y, sin embargo, nunca deciden sentar la cabeza sobre esta ciudad.

Cuando pasan cinco años sin llover en un lugar donde siempre ha llovido de forma históricamente normal, de pascuas a ramos y cinco o seis veces en otoño, la gente se estresa y decide evolucionar a un nuevo homínido de cuello curvado hacia arriba que basa su discurso en el tiempo, el agua y la contaminación.

Bertha no ha cambiado, mira hacia arriba como todos y entra en alguna de esas conversaciones con los grupos de personas que ahora se agolpan en las fuentes de agua-dos. Sin embargo, sigue investigando, dedicando todo su tiempo a la experiencia que le cambio la vida hace ya casi siete años y por la que mereció la pena cambiar sus planes para siempre.

Poco antes de la desaparición de la lluvia en los dos tercios de la península más secos de Europa, todo era como en el resto de lugares del mundo occidental y Bertha trabajaba en el departamento informático del banco BBVA retocando procesos, automatizando tareas y exportando informes de gasto per cápita y de pagos online. Por aquella época su fino pelo rubio era tan precioso como lo es ahora y caminaba de su casa al trabajo sin pensar demasiado en los años o meses del cercano futuro que siempre llega, organizaba algún viaje, se ocupaba de las obligaciones diarias y hacía feliz en el día a día a su novio. Vivía una vida sin demasiados problemas, sin ocupaciones corpulentas que amargan la existencia y te cambian hasta ser otra persona; por eso Bertha no era una mujer de cambios, podías verla hoy, mañana y pasado y nunca podías imaginar los años que tenía, ni cuándo fue la última vez que la viste.

Uno de esos días de paseo capicúa hogar-oficina-hogar y sin cambiar ni uno solo de los parámetros de su rutina, un brillo diferente apareció en sus ojos marcando de forma más nítida los bordes de todo aquello que se cruzaba ante ella. No sabía por qué ese día todo tenía un color tan especial, pero mientras cruzaba el paso de cebra más cercano a la farmacia donde siempre compraba frenadoles y jarabes, un coche envuelto en más luz que la que rodea a una estrella, se dirigió a una velocidad endiablada hacia ella.

Bertha gritó.

Gritó y no supo la razón por la cual toda esa luz la cegó llevándola a un lugar desconocido en el que no había nadie y nada parecía estar ocurriendo.

No había muerto, ni siquiera se había movido del sitio. El Peugeot 308 frenó justo antes de que ella pudiera sentir un solo golpe en su cuerpo y por eso el grito que salió de sus entrañas, más sordo que ruidoso fue lo que la llevó a ese estado en que ella se sintió diferente.

Alrededor, la gente no debió darse cuenta del todo, no hubo ni siquiera un accidente y el vehículo siguió su camino mientras el hombrecillo que lo conducía recolocaba también su cara de susto; por un momento también pensó que el hospital podía haber sido su destino del día.

Fueron unos segundos de vida cotidiana, de un fastidioso susto mañanero para contar a la llegada a la oficina a las compañeras, si no fuera porque para Bertha, esos segundos frente al coche blanco multiplicaron su eficacia misteriosamente hasta convertirse en minutos sofocantes.

Minutos sofocantes...

Ya había pasado. El vehículo seguía su camino, la gente continuaba paseando hacia las tiendas, los trabajos o los parques y Bertha seguía más o menos en el mismo sitio a unos metros de la farmacia, más tranquila pero contrariada, pues el susto había pasado y una sensación de extraño desconocimiento de su cuerpo empezó a hacerla sudar en demasía. Decidió sentarse en el banco desnudo de cuerpos que estaba al lado del semáforo. A esas horas de la mañana todo el mundo llevaba un ritmo frenético y nadie tiene la intención de descansar unos minutos, sin embargo ella necesitó dejarse caer y subir las manos hasta que pudo cubrir sus ojos mientras los cerraba rozando con sus dedos los párpados.

En esta situación se mantuvo un cuarto de hora, pensando y reflexionando sobre lo que había pasado.

Poco tiempo después, se levantó y miró al cielo, contó las nubes y respiro fuerte para sentir más dentro que nunca ese pedazo de ciudad que la acompañaba. Paso a paso cruzó nuevamente el paso de cebra, giró otro par de bloques y decidida a no repetir el día de ayer siguió adelante, cogió las llaves del bolso y abrió el portal de su casa.

Eran las nueve y media de la mañana y entró en casa, se

desnudó y se metió en la cama. Después de cerrar los ojos, suspiró y supo que todo había cambiado al volver a abrirlos. Sintió que la luz era más nítida, que todo era más blanco y que cada cosa que enfocaba tenía algo más de ese sentido que siempre había faltado.

Durmió dulcemente.

Por un tiempo.

Durmió y despertó tratando de fijar en su mente lo vivido.

…

Dicen que la mayoría de la gente ve pasar un carrusel, una película, un grupo de fotografías, o lo que quiera uno inventarse cuando está a punto de morir. Bertha vivió en segundos un futuro posible para ella y para todos, una mágica sucesión de imágenes ideales, de grandes ideas para poner en marcha su vida.

Con ello, la vida de todos ya había cambiado.

LA VIDA DE UN ZAPATO Y OTROS CUENTOS RAROS

22
ASÍ NO

Así no.

Así no es como me gusta, prefiero más despacio, sintiendo más caliente tu cuerpo sobre el mío, más rígido y robusto el placer que me abrasa.

Así no.

No vayas tan rápido, al menos recorre todo mi cuerpo ahora que lo tienes listo bajo tus manos, suave, tierno, delicado y tembloroso deseando el paso de tus dedos.

Así no.

Ven más cerca, no te alejes tanto, vuelve a mí sin marcharte más centímetros de mi lado, no quiero sentirte fuera de mi, necesito que no exista el espacio entre ambos.

Así no.

Dime más veces eso, no te calles los mimos, vuelve a soltarte y gime directamente pegado a mis oídos, escucharlo me vuelve loca, tus gritos generan gritos.

Así no.

Se más delicado, bésame en los labios, usa tus labios sobre mi piel erizada de invierno, lame suavemente todo, mojando de saliva mi cuello, de baba mis pechos, dejando tu humedad en todo mi cuerpo.

Así no.

Mejor dame la vuelta, cógeme del pelo, mírame a los ojos, sujétame y muerde certero, más salvaje, más animal, más fuerte en tu deseo, en tus ojos de fuego, en tu látigo de hielo.

Así no.

No vuelvas a hacer eso, sigue al ritmo, cambia el meneo.

Así no.

Dime que me amas, antes y después pero nunca ahora, no quiero escucharlo.

Así no.

Inventa, sorprende, ilumina.

Así no.

Así no.

Así no quiero.

Deséame como soy, cualquier día, ayer, mañana y siempre, con dudas, con anhelos, con miedos, exigiendo imposibles, queriendo no ser lo que he sido y estando orgullosa de estar aquí contigo, siendo dueña de mi, de ti, de nuestro destino, dejándote ver mis lagrimas, escuchando tus gemidos, tu olor, mi sudor, sabiendo que esperamos lo más inesperado, soportando algo que no quiero, dejando claro que no se lo que quiero, que te deseo, que quiero estar contigo ahora, que de ningún otro modo lo habría hecho, atreviéndome a no parar, a volver a ti, a mentirte una y mil veces, desprotegida, temblando, con los ojos bien abiertos, la luz apagada ahora, tu cuerpo junto al mío, tu boca muy cerca de toda yo, mis manos inexpertas explorando, mi pecho a mil por hora, mis pensamientos en el pasado, entre las sábanas, riendo, excitada, queriendo ser tuya, pensando en nosotros, en el mañana, en lo que habré dicho, en lo que dicen, en tu pelo, tu barba, tu trabajo, los niños, si estoy gorda o si te quiero.

Así no.

Quédate conmigo.

Dejémonos llevar.

Así no.

23
TE TENGO AQUÍ

Siento que en mis dedos, en la yema de todos mis dedos tengo esculpido tu retrato, de gastar kilómetros de caricias en tu cara he formado un mapa con mis manos.

Descuidando que me rodea el mundo, me he centrado en escribirte despacio, en formar letras de piel que describen tus manos, en uñas que agarran para mi los recuerdos que tenemos, arrastrando lo menos bueno, lo más preciado.

He tardado veinte años en guardarte toda, cada día una capa, desnuda, tus curvas se mantienen en mi retina, tu pecho es relieve, es un continuo de alturas que quedan atrapadas en la geografía de mi mundo.

Grabando el análisis de tu figura me he pasado cada uno de esos días, los miles de pelos numerados, de uno en uno, de coleta en coleta, de rubio a negro, de rubio a fucsia, de color vivo a cana muerta.

Te tengo aquí, guardada.

De los masajes que he dado, he retenido el palpitar de cada músculo, la tensión de más fuerte, el suave paso de no hacerte más que nada de daño. Por minutos, por horas sobre ti apretando, en camas, sillones, en lugares más cerca, en lugares más lejanos, en todos los lados, he sido tu relax de noche, tu mañana despertando a tu lado.

He embolsado en miles de pequeños macutos las decenas de veces que de maneras diferentes me has contado, me has narrado quién eres, lo que sientes al estar antes de ser yo quien estaba contigo, lo que sientes ahora que no me marcho y escucho, lo que serías si mañana me despido y vuelves a ser uno.

Cada vocecilla en graves más arriba, en agudos finos más abajo, me has dicho te quiero, te enfadas, me has llenado de notas mágicas que ahora rebotan en mis oídos, tus gritos pesan y reposan adormecidos, tus buenos días, tus amores de día tras día pasan al caudal de mi sangre, se mezclan con el oxígeno y corren de un órgano a otro de mi cuerpo llevando a los confines de mi organismo tus palabras.

Miles de páginas se han escrito para retener tu conocimiento en la biblioteca construida en mi mente, busco y encuentro lo dicho un día veinticuatro de febrero, lo mezclo con las imágenes y videos que también se encuentran anexas al recuerdo y así, siempre te vivo, te veo en el ayer y en el ahora que estoy contigo.

Si pudiera haber anotado como hueles, hoy no sería un pozo de agua vacío, mantengo retazos de aromas, tu intensa fragancia cuando enloqueces, cuando se te ve llena de ilusiones, cuando me miras cerca, te apoyas, me besas y te escurres rozándote toda por el continuo de mi cuerpo, compartiendo conmigo tu físico, tu cuello.

Necesito seguir próximo a ti, acoplado cada vez que nos vemos, deseo archivar tu esencia en pequeñitos tarros de cristal y así poder guarecerlos en lo más íntimo de mi. Las palabras, las imágenes, tu cuerpo, tus sonidos no son nada si no los mezclo en un entero y absoluto conjunto. Si no espolvoreo tu fragancia sobre todo ese recuerdo, será un sujeto desmembrado, será la mitad de ti, le faltará el alma y no podré decir nunca que siempre estoy contigo.

Es mi pequeña lucha, mi misión de vida, contener todo tu ser en mi conciencia, poder cerrar los ojos, la boca, los puños, cerrar los oídos y no escuchar nada, tapar mi nariz y ser un blanco incapaz de obtener de fuera nada.

Y así buscar en cada poro de mi piel, en cada segundo de ti que ha pasado conmigo, en el todo de ti que llevo tatuado en mi espíritu para poder verte, escucharte, olerte, sentirte y saberte aun estando de todos mis sentidos bloqueado.

Por eso te tengo aquí, guardada en mí.

24
AL VERLOS

Me sentí como un fantasma al verlos.

Los vi llegar a todos desde el bar de la acera de en frente. Primero llegaron ellas, las maris, Montse y Katty, siempre juntas, siempre voces, siempre ellas.

Malparío

Llamaron al tabernero segundos antes de abrazarle pidiéndole dos cervezas altas y anchas, como buenas poyas, dijeron.

Llegaron más tarde el resto, de uno en uno o por puñados, no eran muchos, eran simplemente ellos: Javi y Miguel Ángel, Paco y Rego, Jorge y Edu.

No me atrevía aún a salir de aquel agujero en que me encontraba, además, desde allí lo veía todo, les vi andar, reír, moverse, les vi sus camisetas verdes y frikis. Vi llegar a Kiril caminando solo más tarde, iba mirando el móvil, enviándome mensajes que sonaban en mi bolsillo vibrando contra mi pierna.

Me perdía detalles y por eso quería llegar lo antes posible, pero me paré un momento, sentado y apoyado contra un coche a seguir observando.

Miguel entró después. Rebeca y Celia llegaron con un par de latas en la mano.

Crucé la calle, tiré de la puerta hacia fuera y me introduje en el tugurio.

Me vieron y sonrieron todos, choqué allí y allá, me pidieron una birra, me abrazó Celia, me apretó Jorge y me vaciló Rego.

No podía ser de ningún otro modo.

Estaba contento pero empezaba a dibujarse esa mierda que tan poco me gusta.

Fui a mear y escuche fuera la voz de Notario. Joder, se había marchado mucho antes que yo y ahí seguía, reenganchándose como aquel que no se desea ver muerto, tratando de asirse a una realidad que ya no le pertenecía.

También vinieron ellos, Porres, Gordo, Clara y los otros.

Era una sensación limpia.

Conocía los gestos, sabía que algunos de los palabros seguirían repitiéndose y yo me encontraba tan bien...

Me encontraba tan bien que por un momento me relajé y me creí que no me había marchado.

Cogí el teléfono y escribí a Sonia y a Sabine; me haría ilusión verlas, seguían currando todavía pero no les costaría tanto desencajarse del no ir a estas cosas y aparecer para darme un beso. Esperaba que lo hicieran.

Hacía tiempo que no les veía, incluso hacía tiempo que no se veían entre ellos. Cristina llegó la última pero sólo un poquito después de que Sepp apareciera junto a otro grupito de seres que aunque no eran tan viejos como el resto, completaban el aforo de un modo mágico y casi tenebroso.

Yo, en medio y en un lado del grupillo, trataba de disfrutar de todo lo que se decía, participaba en las bromas, los recuerdos, las historias que un día vivimos juntos, en lo que realmente era mi presente.

Ahora les tocaba y sentía que el tacto no duraba, pues desaparecían como el reflejo de algo que estuvo.

El momento en que uno me pregunta eso, me jode.

Me gustaría simplemente haber aparecido como siendo parte de ellos, compartiendo el aire y el juego sin ser espectador de un espectáculo grotesco.

La rabia me hace preguntarme si debiera seguir ahí rodeado.

Me late el pecho y me bebo un par de cervezas mirando a los ojos a los que tengo más cerca.

Cierro los ojos para pensarlo.

No me equivoco, siempre me ha ocurrido y no es nuevo.

He vivido muchos días junto a ellos, incluso recuerdo como al principio casi no les soportaba, me asustaba de que fueran tan reales, sin filtro, buenos, sencillos, raros, simples, alguno mal vestido, pero eran mis compañeros.

Músicos, alemanes, de torneos, golfas, programadores, amigos.

Cuando el tiempo pasa, te acostumbras a los que te rodean, pero si puedes, tratas de rodearte de aquellos con quien sientes la vida de un modo más parecido, disfrutando de las pequeñas cosas, escuchando verdades y soñando con las gilipoyeces que anhelamos.

Yo me junté a unos pocos, me sentí completo con ellos, reí a lo largo de largas comidas y bebí a lo largo de largas cervezas.

Aprendí a no querer irme.

Me fui y aprendí entonces a marcharme.

Ahora camino entre ellos, les escucho y sé que pueden oírme, nos tocamos pero no siento que sea lo mismo, ni siquiera quiero que así sea, pues ellos siguen y yo ya me he ido.

Quiero salir de ese bar porque me estoy poniendo algo triste, no deberían caer las lagrimas en momentos tan felices, pero ellas bajan veloces tratando de llegar al suelo, a una mano.

Cerré otra vez los ojos, me hice Cásper.

Volé y me retiré en ese momento, abracé a todos los que habían venido, pensé en todos los que nunca venían y estando muy vivo leí un pequeño mensaje que se mostró delante de mis ojos.

Sigue caminando.

Me di la vuelta sin verles, sin que me vieran, sonriendo sin descanso, marchándome sin saber quiénes serán aquellos que se cruzarán algún día y que volverán a hacerme sentir un fantasma.

Quiero que sea pronto.

Temo que nunca más me ocurra.

25
LEJOS

Estás cerca, estás tan cerca.
Que puedo escuchar tu voz en mi mente.

¿O es que estás lejos?

Estás tan lejos, tan tan lejos.
Que esa es la única forma que tengo de escucharte.

. . .

Enciendo la tele, veo cualquier mierda.
Pero sigo sin verte.
Enciendo los ojos para ver si tengo
Algo más que mostrarte.

. . .

Mañana seguiré aquí.
Sentado en mi vida, dormido.
¿Y tú?
Tu estarás con él, con otro.
Nunca más conmigo.

. . .

Perdí la hora.
Lo se.
Se que es tarde.
Se que te he perdido.

26
LA ENTREVISTA

El tiempo era una mierda, pero no peor de lo que había sido los últimos dos meses. Una racha británica de ciclogénesis explosivas llenó toda la ciudad de niebla, viento y agua desde diciembre hasta hoy.

Tomeo llegó a Londres en agosto después de haber terminado Ciencias de Economía Aplicada en la Universidad de León y aún hoy echa de menos Astorga, su queridísima ciudad enana de Astorga, sus torres gaudianas, sus garbanzos, sus viajes ida y vuelta en coche a León para ir a clase… Tanto tiempo llevaba sin coger el bólido como días había pasado en esa maldita ciudad. Tomeo vivía en White City porque su amigo Lucas había estado currando en el Westfield durante un verano y le dijo que el barrio no era muy caro estando súper cerca del centro. Es verdad que algún yonki y alguna puta habían sido compañeros de autobús, pero tal y como están lo precios por aquí, lo mejor es no quejarse.

Tomeo pasó tres semanas recorriendo su nueva ciudad, olvidando el motivo por el que estaba allí. Pero no le importaba hacerlo, sabía que de un momento a otro encontraría un buen curro.

Seis meses habían sido suficientes para darse cuenta de que no era tan fácil, ahora sin embargo no dejaba de mirar el reloj, el e-mail, el teléfono, su LinkedIn, las últimas páginas de las empresas que le interesaban, los mensajes de sus amigos, y cada vez más, los anuncios de empleo de las tiendas que estaban cerca de su casa.

Era la primera vez que algo le costaba tanto, seis meses son seis meses sin trabajo, seis meses gastando el poco dinero que había ahorrado trabajando de profesor particular, seis meses contestando el teléfono o escribiendo

Whatsapps a todo el mundo, diciendo que estaba haciendo muchísimas entrevistas, cuando no era cierto. Tomeo estaba totalmente harto, varias veces había chequeado los viajes de vuelta a León, incluso estuvo hablando con su casero para ver si era posible dejar el piso de un día a otro.

Tras uno de tantos paseos infructuosos de uno de tantos días, llego a casa y encontró un sobre de color amarillo en su buzón. El sobre era bastante extraño, no porque fuera amarillo, sino porque en letras grandes y negras se podía leer un mensaje inquietante: si me abres, es que quieres hacerlo de verdad.

Tomeo no supo en esos momentos lo que hacer, por eso cogió el sobre, subió a casa y lo dejó tirado en la mesa durante el rato de cuarenta minutos que duraba el capítulo que tenía calentito en Netflix.

En algún momento pensó en darle al mando y ver otro capítulo más, sin embargo, se levantó cansado de no hacer nada, aburrido de ver el tiempo grisáceo en todos lados, hasta la poya de hablar con su padre y agarró el sobre con las dos manos, tratando de buscar más pistas a parte de ese mensaje raruno.

Es publicidad, fijo.

Pensó Tomeo.

No había más marcas, no tenía remite, el sobre era amarillo perfecto, limpio, como si se hubiera fabricado dentro del buzón mismo. En su interior no parecía albergar nada interesante.

Un papel, supongo.

Lo abrió delicadamente pero nervioso, con ciertas ganas. De hecho, si era publicidad, seguro que era de algún nuevo sitio al que llevar a su novia un día. Lástima que no hubiera novia, lástima que no hubiera dinero con el que pagar la entrada a nuevos sitios.

El sobre no era grande y dentro no había nada especial, sólo una hoja en blanco con un montón de texto y varios papeles de colores del tamaño de una tarjeta de visita y sin nada escrito. Tomeo cogió la hoja escrita y se puso a revisarla sentándose en la silla coja que estaba más cerca.

Hola, Tomeo
Nos encantaría que viniera a nuestras oficinas, no son muy grandes pero están en Londres, en un edificio de cinco plantas situado en los Docklands. Allí preguntará por Alice Hickings.

Alice le esperará mañana 2 de Febrero de 11:00 a 12:00.

No se retrase si desea causar una buena impresión, vista de la manera que usted considere apropiada y traiga lo necesario según el anexo 1.
--

¡Pero qué coño es esto!

Se sorprendió Tomeo.

Anexo 1. Instrucciones de entrega.

Según el artículo 23.3.1 de la Norma de Documentación Presentada en los Procesos Abiertos de Incorporación, el preseleccionado adjuntará los documentos que se enumeran a continuación.

1. Currículum Vítae actualizado a día de hoy 1 de Febrero de 2019. 2 copias en tamaño DIN-A4
2. Fotocopia de Pasaporte. 2 copias, incluyendo las fotocopias de las hojas donde se encuentre información relevante sobre visados, permisos o entradas y salidas de países reconocidos por la ONU.
3. Tarjeta de color azul con código BB@dreams cumplimentada de forma manuscrita con una descripción corta de sus sueños.
4. Tarjeta de color rojo con código RR@fears cumplimentada de forma manuscrita con una descripción de sus miedos.
5. Tarjeta de color amarillo con código YY@who cumplimentada de forma manuscrita con un listado de personas importantes para usted.

--

Dejó la hoja en la mesa, cogió los pequeños papeles de colores que había en el sobre y se tiró al pequeño sofá resoplando extrañado. Uno rojo, otro amarillo y otro azul, los tres papelillos sujetos por sus dedos no eran más que eso, tres trozos de cartulina fina con los códigos escritos en la parte superior de ambas caras.

Debe ser una broma. Alguno de la familia, Laura la del pub o algún otro.

Pensó levantándose sin saber qué hacer.

Tomeo puso los papeles de colores en la mesa junto a la hoja de instrucciones y el sobre amarillo del mensaje, cogió el móvil y sacó una foto. Tenía que enviarle esto a alguien que le dijera al menos qué pensar; era raro, era muy raro, estaba en Inglaterra y todo estaba escrito en castellano, y no sólo eso, su nombre aparecía en la carta.

Tocando con las yemas de los dedos la carta y sus componentes repasaba a quién enviarle esto. Se lo podría enviar a Laura, llevaba algo más que él en Londres y a lo mejor sabría si era algo normal o si se lo habían enviado también a alguien que ella conociera.

Pero nada, no se lo envió a nadie. Tomeo tenía pocos amigos en la ciudad, no se había relacionado demasiado. Enviárselo a Laura significaría romper la ilusión de contárselo y casi era mejor acercarse al pub, esperar a que terminara su turno y pedirse una pinta del tiempo para compartirla con ella mientras le contaba esto.

Era lo mejor, cogió el abrigo, pilló el gorro y los guantes, ya que hacía un frío que no se podían estar quietos ni los pingüinos, metió los miembros de la carta en una bolsita y salió de casa. Antes de llegar al pub de Laura, que se encontraba a un cuarto de hora, pasó por la papelería y aprovechó para hacer un par de copias del pasaporte.

¿Y si... finalmente iba mañana?

A Tomeo no le parecía tan extraña la idea, al fin y al cabo, no tenía mucho más que hacer, el dinero bajaba, no quería trabajar en el supermercado, las tarjetitas eran pequeñas y el currículum ya lo tenía redactado.

Lo mejor era hablarlo con Laura ahora, además, hacía una semana que no se veían y seguro que hoy estaba de buen humor, trabajaba solo hasta las 18:00 y eso en un pub es sinónimo de suerte.

...

¿Y tú te lo crees? Pero, ¿no te das cuenta que vivimos en un país de idiotas y chalados?, seguro que algún capullo vecino tuyo o alguna empresa de publicidad o de estudios sociológicos está detrás del juego.

Expresó Laura con una sonrisa pícara echando su cuerpo hacia atrás apoyándose en la silla.

Yo qué se, tía, me ha llamado la atención la puta cartita y no tengo nada que hacer. Llevo meses sin que me llame nadie y estoy desesperado, ahora voy a rellenar las tarjetas y mañana sacaré las fotocopias de todo lo que me falte antes de ir allí.

¿Ya has pensado lo que poner? Yo que tú no iba.

Tomeo miró hacia arriba para inventar alguna tontería, después terminó negando con la cabeza; no tenía ni puñetera idea de lo que poner, pero la noche era larga y las tarjetas pequeñas.

Media hora después volvía a estar en casa, hundido en el sofá y con un par de folios sobre la mesa baja. Pensó primero un poco en Laura, nunca se había enrollado con ella pero se la imaginaba así en muchas ocasiones. Le jodió haber ido al pub, no le ayudó mucho, tampoco le animó como esperaba. Al menos había hecho las fotocopias del pasaporte.

Estaba enfadado.

Empezó buscando el CV, no requería ningún cambio, llevaba varios meses sin trabajar y la última actualización del documento la hizo en septiembre. Así que cambió la fecha de redacción final del currículum y guardó el documento en un pendrive para imprimirlo al día siguiente antes de ir a las oficinas misteriosas.

Sólo quedaban las tarjetitas. Empezó con la amarilla, era bastante fácil rellenarla, nombre de madre, nombre de padre, nombre de hermano pequeño y nombre de Lucas y Ángel, sus mejores amigos. Sólo puso el nombre y el primer apellido de cada uno para que los de la oficina no se hicieran líos. Cinco personas seguro que eran suficientes.

La azul le llevó algo más de tiempo, pero tampoco tanto como se imaginaba, una frasecilla sobre el trabajo en Londres, otra sobre vivir con salud muchos años y la que más le sorprendió, una última sobre la intención de tener hijos. Él mismo quedó perplejo al escribirlo, pero sin duda era uno de sus sueños.

Para terminar cogió la tarjeta roja y se puso a pensar en miedos. De inicio sólo se le ocurrió el más sencillo de todos, volver a Astorga con las manos vacías, sin haber logrado trabajar en un banco de la City, este miedo le torturaba desde hacía muchos días y fue lo primero que le vino a la mente. Completó el cartoncito con un par de miedos más, morir de una forma terrible y quedarse paralítico en un accidente de coche.

Tomeo no era un tío muy original; sus miedos eran clásicos estadísticamente hablando, impersonales, como seguro eran los de casi todos los que estaban en una situación similar.

Tiró el boli sobre la mesa, metió todos los papeles en una carpetilla y se echó a dormir poniendo la alarma del móvil a las 8 am.

...

A las 8, Tomeo se despertó cayendo en la cuenta de que no había preparado nada. Un agobio le consumió, había rellenado las tarjetas estúpidas y pensado varías veces en la carta, pero no se le ocurrió pensar realmente sobre qué sería el trabajo. Desde el primer momento dio por hecho que sería de economista, en un banco, una empresa, una pequeña oficina, quien sabe dónde, pero ni siquiera era una duda. Dar por hecho las cosas nos atrofia, le decía siempre su padre.

Se sentía atrofiado, las piernas acalambradas de moverlas locamente toda la noche, ese nervio subconsciente que le había dejado cansado después de las ocho horas de sueño pseudo reparador.

Da igual, ya no podía hacer gran cosa, lo mejor era ponerse el traje que tenía detrás de la puerta siempre listo por si una voz de teléfono o un email llegaba, para hacer una entrevista. Así hizo, a las nueve salió de casa, la carpeta con las fotocopias y los papeles pintados en una mano, el paraguas destartalado en la otra.

El aire y la calamidad fuera de casa.

Era fácil, había que ir al metro, no pillaba lejos, unas gotas, unos vientos, unos charcos y unos minutos después, húmedo y aún dormido, ya estaba metido en un vagón entubado, chirriando camino de los Docklands.

Al final había hecho caso a Laura, llegó una hora antes de la cita a la dirección que aparecía en la carta/invitación. Parecía un edificio moderno, una calle tranquila, había dejado de llover pero si mirabas ahí arriba, las nubes seguían con la pancarta de mal tiempo. Tomeo revisó la puerta del edificio, no había ningún cartel, ninguna placa con ningún nombre de compañía, sólo el número de la calle en la parte superior en letras metálicas. Era curioso porque no había portero automático y, sin embargo, en la invitación lo decía claramente, 11 Ferry Road, planta tercera.

En el borde izquierdo de la puerta de acceso, había un solo botón, sin nada escrito, sólo una rejilla que podría parecer un micro o un altavoz.

No había más de nada, ninguna persona entró ni salió del portal durante la hora que Tomeo estuvo esperando, las ventanas que daban a la calle a partir de la segunda planta tampoco se abrieron y tampoco se vio un solo rayo de luz artificial que se pudiera ver desde el exterior.

Los últimos diez minutos para las once se hicieron más largos, ya hacía mucho frío y los nervios empezaron a joderle cuando casi pensó de forma bastante idiota si era mejor no entrar.

Un minuto antes de que diera la hora, se abrió la puerta y una mujer bajita y delgada salió sin paraguas, sin abrigo, sin intención de salir y moviendo la cabeza hacia donde Tomeo estaba, le dijo:

Venga, entra, que ya es la hora.

¿Eres Tomeo, verdad?

Volvió a decir la chiquilla.

Tomeo se fijó en ella sin moverse. La miraba despacio

como si aun no la hubiera escuchado llamarle; llevaba unas zapatillas de deporte y un traje chaqueta que no pegaban lo más mínimo, una tablet en la mano y tenía un pelo increíblemente largo.

Si, soy yo, encantado de conocerla.

Replicó velozmente mientras aún estaba analizando su figura y movimientos.

Acompáñeme por aquí, si es que quiere hacerlo de verdad.

Le dijo girándose y adentrándose en el edificio.

En ese momento tuvo miedo, el desconocimiento de lo desconocido le inquietó siguiendo a una hermosa mujer vestida de ese modo en un extraño lugar al que había ido sin saber el motivo.

¿Podré venir a currar en deportivas?

Pensó Tomeo entrando al edificio.

¿Será un trabajo?

¿Que tendré que hacer?

Todos, pensamientos tardíos para el escenario en que se encontraba.

En el interior, la mujer seguía andando hacia dentro, un estrecho pasillo aterrizaba en un hall con un ascensor. Tomeo amplió su zancada para llegar al mismo tiempo que la perseguida.

Ésta se detuvo frente al ascensor, se dio la vuelta y estrechó su mano mirándole desde abajo.

Soy Alice, me dijeron que hoy vendrías.

Encantado nuevamente, Señorita Hickings, yo soy...

Tomeo, sí, sí, se quien eres, llevo escuchando tu nombre varios días, si te parece voy a llamarte Pumba de ahora en adelante, tu nombre es un nombre muy difícil de decir, ¿Pumba te parece bien?

Pumba confirmó a Alice sin emitir demasiados sonidos hasta que llegaron a la tercera planta.

El aire estaba enrarecido, Tomeo no tenía idea de dónde estaba y además se sentía molesto. Por supuesto que le parecía horrible que le llamaran Pumba, pero qué iba a hacer, una rareza aceptable por ahora, sin dolor poco profundo.

...

El ascensor se abrió y de frente un corto pasillo ancho y blanco les atrajo. Al final del mismo, una puerta negra en contraste con las paredes y el suelo; hacia allí se dirigieron los dos.

Alice tomó la delantera de nuevo, abrió la puerta y dejó pasar a Tomeo a la sala, una sala con una gran mesa, muchos bolígrafos, muchos folios en blanco y tres sillas: una a un lado de la mesa, dos al otro.

Siéntate ahí.

El también llamado Pumba se sentó en la silla solitaria, supuso que una segunda persona se uniría a ellos más tarde, la mujer se sentó en frente, abrió un cajón que había debajo de su lado de la mesa y sacó una carpeta con su nombre escrito.

Dame lo que has traído: el currículum, las tarjetas de colores y las fotocopias.

Sacó todo de la carpeta y se lo dio.

Ahora tengo que irme, sobre la mesa tienes bolígrafos, tienes papel y supongo que tienes preguntas, así que te propongo una cosa: piensa con detenimiento lo que deseas preguntar, coge un folio, un boli y escribe. Una pregunta en cada hoja y en todas ellas pon tu nombre en la parte superior.

¿Cuántas preguntas puedo hacer? ¿Cuándo vendrá de nuevo?

Ella se marchó con las dos carpetas en la mano y con las dos preguntas en el aire, pues no respondió a ninguna de ellas. Él se quedó callado y sentado, mirando incomprendido cómo se cerraba la puerta.

...

Clark comenzó a aplaudir.

...

Tomeo se levantó de la silla. Observó las hojas en blanco en montones que estaban repartidas por toda la mesa, los bolígrafos de diferentes colores estaban en pequeños portalápices repartidos igualmente frente a cada montón.

¡Joder! Para ser mi primera entrevista ya podría haber sido de las normalitas.

¿O es que todas las entrevistas serán así en Inglaterra?

Finalmente cogió un par de folios y un bolígrafo azul, se sentó en la misma silla y pensó un poco qué poner.

Sabía bien lo que quería preguntar, parecía fácil, por el contrario, a lo mejor era una de esas pruebas en las que tendría que pensar un poco más allá para no cagarla.

No importaba, en estos momentos sólo tenía dos preguntas que hacer.

Escribió su nombre, es decir, Tomeo guión Pumba, en la parte superior de las dos hojas que había cogido y a continuación en letras mayúsculas las dos básicas preguntas.

Puso los dos folios en la parte de la mesa donde se sentó previamente Alice y volvió a su sitio echando un vistazo al resto de la habitación.

Esperó diez minutos.

Esperó quince minutos más.

Se levantó y llamó a la puerta, probó a abrirla y no se abrió.

Se sentó en la silla y al poco tiempo volvió a abrirse la puerta con Alice a sus espaldas. Entró, se sentó en su sitio frente a Tomeo y cogió las dos hojas con las preguntas.

Sólo te voy a responder ahora a una de las dos.

Quinientas libras por día si resultas elegido. El proceso no es sencillo y por lo tanto, debido a la duración del mismo, te proporcionaremos una paga diaria de cincuenta libras. Aquí tienes tu cheque por el día de hoy. Mañana nos vemos a la misma hora.

Se levantó la chiquilla, agarró los dos folios y los incorporó a una de las carpetas, se acercó a Tomeo y le pidió que la acompañara para salir de la habitación.

El resto fue sencillo, camino inverso, pasillo, ascensor, pasillo, entrada, calle.

Mañana no hace falta que traigas nada, ya tenemos lo necesario para empezar, pasa un buen día.

Se cerró la puerta. El buen día apareció fuera, el cielo limpio de nubes le devolvió al mundo real fuera de aquella extraña oficina. Tomeo empezó a caminar despacio camino a su casa sin pensar exactamente en nada, pues una sonrisa alegre se dibujó recordándole que tenía cincuenta libras en el bolsillo y una historia que contar a Laura.

¿Por qué no me ha dicho de qué es el trabajo?

Entró al metro pensando en eso, realmente no importaba, si estaba en el proceso era porque podría pasarlo, porque habían visto su currículum en algún sitio o porque alguien les habría dado su nombre. ¿La Universidad tal vez? Quién sabe.

Tomeo estaba contento; al menos desde hacía muchos meses no se sentía así, no importaba el no estar seguro de lo que estaba haciendo, al menos le habían dado pasta y un motivo para seguir viviendo en la ciudad de los paraguas.

...

Laura creyó que se estaba riendo de ella.

¡Qué fuerte!

¿Qué?

Joder, todo.

En el banco del parque, los dos sentados compartían impresiones, Tomeo estaba tranquilo, sin embargo, Laura pensaba que se había comportado de una forma convencional para ser una entrevista tan poco convencional. Ella no entendía que sólo hubiera preguntado sobre el trabajo y el sueldo.

Pero mira que eres corto de miras.

No soy corto de miras, estaba nervioso.

Estuvieron divagando sobre el tipo de trabajo que sería, quinientas libras al día es una pasta, de hecho, cincuenta libras por cada día del proceso de selección era una buena suma. A lo tonto a lo tonto, con dos o tres entrevistas más llegaría a las doscientas libras y con eso tendría para un vuelo y un par de noches de hostel en París, esa era una de las cosas que más le apetecían.

¿Teórico económico en algún banco de inversión?

¿Profesor en alguna escuela de ricos?

No, no puede ser.

Los trabajos que se les ocurrían no podían ser, no tenía tanta experiencia y sobretodo no estaban tan bien pagados. Era mucho dinero y ni siquiera en Londres era posible ganar tanto sin conocer a alguien o sin ser un famoso.

La noche llegó después de alguna imaginación más, se fueron cada uno a su casa, él sintiéndose más positivo que nunca, con alguna duda sobre la siguiente entrevista, ella pensando un poquito en él.

...

A las once de la mañana estaba ahí como un clavo, frente a la puerta, esperando a que la Alice con zapatillas la abriera.

A las once no abrió nadie la puerta.

A las doce aún no se había abierto la puerta.

Tomeo seguía ahí, mirando el reloj pensando si se había equivocado con los nervios. No tenía ningún número de teléfono al cual llamar, así que lo único que hizo fue esperar un poco más. No hacía frío ni llovía, afortunadamente. A las doce y media se abrió la puerta.

Pasa.

Alice le abrió la puerta, le dejó un hueco por el cual pudo pasar y se encaminó directamente hacia el ascensor que estaba al final del pasillo.

Ninguno de los dos decía nada. Tomeo tenía muchas ganas de mostrarle que estaba enfadado, pero por otro lado, ella no parecía tener cara de disculparse; quizás se equivocó él, se escucharon mal, hubo un malentendido, algo pasaría, pero por eso no quiso decir nada hasta que ella inició el discurso.

Espero que nos disculpes, hemos tenido un problema con un candidato, esperemos que no vuelva a ocurrir.

A Tomeo le pareció una buena razón, asintió siguiendo adelante, se metió en el ascensor y en este caso bajaron a la planta B. Fue extraño porque no imaginó que esa letra fuera un sótano, pero a juzgar por el movimiento del ascensor, estaban bajando y mucho.

Cuando se abrió la puerta, llegaron a una sala blanca como la del primer día con más sillas y con una mesa del mismo tamaño. Alice se sentó en una de las sillas, llevaba la misma carpeta que ayer. Le mandó sentarse en frente, le miró a los ojos y le preguntó antes de que se lo esperara.

¿Vivirías toda la vida en Londres si te lo pidiéramos?

Antes de que Tomeo respondiera, Alice abrió la carpeta sacó la tarjeta azul y sacó de un cajón un paquete con al menos cincuenta tarjetas azules más.

Él miraba atento las tarjetas, pensaba qué responder también, pero no podía pensar viendo todas esas tarjetas de sueños.

No me respondas todavía, estas son las tarjetas azules de todos los candidatos que participáis en el proceso.

Cogió una al azar; no era la suya porque la letra era diferente, la deslizó sobre la mesa hasta que le llegó a las manos de Tomeo.

Lee

Trabajar en una gran empresa, vivir una larga y saludable vida y tener hijos.

Lee esta otra

Alice lanzó otra de las tarjetas para que la leyera.

Vivir muchos años sin enfermedades, casarme y tener hijos y conseguir un trabajo estimulante.

¿Quieres que te lea la tuya?

Todas las tarjetas decían lo mismo, en diferente orden, diferentes palabras.

Tomeo pensó que era un poco triste, se acordó de Laura cuando le dijo que había sido muy conservador, que en eso y en todo lo era, que siempre decía las mismas cosas o que pensaba lo que piensa todo el mundo.

Todos escribís lo mismo. Sois aburridos, Pumba.

Dime, ¿vivirías toda tu vida en Londres si te lo pidiéramos?

Sí.

Abrió de nuevo la carpeta, saco un cheque y se lo lanzó como hizo anteriormente con las tarjetas, deslizándolo por la mesa.

¿Así que sí? Bueno, normal, es tu sueño ¿no?

¿Sabes? Muchos no tenéis ni idea de lo que son los sueños; escribís sin pensar, lo típico, lo que hay que decir, lo que parece que es correcto según los tiempos que corren. Y lo mismo pasa con los miedos. ¿Tu crees que eres diferente a los demás? No encontramos nunca a nadie diferente a los demás. No te voy a enseñar las tarjetas rojas porque da un poco de pena ver que todos ponéis lo mismo. ¿No te da pena pensar que la mayoría de vuestros sueños son el antónimo de vuestros miedos?

Tomeo estaba inquieto y callado, se retorcía en la mesa; el tono de Alice hoy era más duro, además, no hacía más que mirarle con esos ojos penetrantes mientras le hablaba.

Mira, te voy a poner un ejemplo: tu sueño es trabajar en Londres y al mismo tiempo tu miedo es volver a España sin haber trabajado en Londres. Eso es una mierda, porque una misma realidad que puede o no pasar, pasa a ser lo más increíble de tu vida o la mayor de las desgracias si no ocurre, y no sólo eso, sino que hoy, cincuenta personas como tú sentís eso mismo y ya te puedes imaginar que no hay trabajo para todos vosotros, que muchos de vosotros volveréis y no por ello debéis colgaros del primer árbol que encontréis en vuestro país después de aterrizar.

Te propongo lo mismo que les propongo al resto de candidatos. En cada dupla, sueños y miedos, me tienes que especificar cuál de los dos es más fuerte; mira, te paso las dos tarjetas, debes hacer un círculo alrededor de lo que consideres más importante, si el sueño o el horror.

Tienes tres minutos.

Tomeo agarró las tarjetas que le pasó Alice, la roja y la azul, cogió un bolígrafo de los que había sobre la mesa y se dispuso a leer.

Al final marcó las frases que le parecieron más importantes y se las devolvió a Alice de inmediato.

Alice recogió de vuelta las tarjetas y sonrió. Releyó las frases manuscritas a duras penas y suspiró antes de levantarse.

Conseguir un trabajo en Londres

Morir de una forma Terrible

Quedarse paralítico.

¿En serio?, ¿me estás diciendo que de todos los sueños que tienes, lo más importante en tu vida es trabajar en Londres?

Sí, a ver, te lo explico: lo que tengo muy claro es que mis miedos sobre mi salud y la muerte son mucho más fuertes que sus deseos complementarios.

No tienes que explicarte, has elegido y sólo tu tienes los motivos suficientes para que sea así.

Has pasado la prueba. Mañana nos veremos a las nueve de la mañana. No hagas planes por la tarde, es posible que salgas tarde.

...

Clark y Julium se levantaron en la sala de juntas mientras el resto de los directores les aplaudían.

Fantástica idea.

...

De camino al tren Tomeo estaba mosca, por alguna razón no estaba tan contento como ayer; le despacharon rápido, quizás las respuestas no eran las buenas, o quizás si, al menos le habían dicho que seguía y no sólo eso, sino que tenía otras cincuenta libras para gastar en estupideces. Dejó escapar lo malos pensamientos de su cabeza y cogió el móvil para decirle a Laura que no podrían verse mañana cuando ella saliera de trabajar.

Para su sorpresa, Laura no podía quedar hoy, ya había quedado con los del pub para seguir en otro pub cercano.

¡Qué fastidio!

Siempre era algo que le llamaba la atención, los que trabajan en un bar se van a otro bar cuando dejan de trabajar, viven en el mismo mundo todo el tiempo interpretando papeles antónimos día tras día.

Pero mañana Tomeo tenía que madrugar, eso si que era raro, casi nunca lo había hecho desde que estaba en Londres. Además, seguro que tendría que levantarse muy pronto porque estaría todo lleno de gente.

¡Qué fastidio!

...

A las siete y media de la mañana salió de casa con una mochila y un par de sándwiches, a saber a qué hora saldría de las oficinas, a saber si comería hoy, el estrés había crecido durante la noche y el día se complicaba con sólo pensarlo.

¿Todo el día? No jodas, hoy debe ser la gran entrevista.

Así pensaba Tomeo. De camino en el tren se le ocurrían pruebas y pruebas por millares, algunos test de inteligencia, problemas de economía aplicada, de todo.

Llegó a las nueve menos cuarto a las oficinas, con tiempo suficiente para pensar un poco, pero al llegar, esta vez había algo diferente: junto a la entrada se encontró a veinte chicos más que aparentemente tenían su misma edad, todos de traje, con carpetillas en la mano, con pose de importantes.

¿Carpetas?

Él no llevaba nada, le dijeron que no llevara nada, era obediente, si le decían que no llevara nada él no llevaba nada; si le pedían estar más tiempo en las oficinas lo estaría, todo por el trabajo, ¿no?

Se alejó de los muchachos, todos eran hombres, y ahora que se fijaba en detalle, se daba cuenta que pocos de los allí presentes parecían ser ingleses; algún negro, algunos asiáticos, latinos, del este, una mezcla divertida de culturas encerrada en las mismas pintas de traje y corbata.

A las nueve se abrió la puerta y aparecieron cinco mujeres, Alice era una de ellas. Cada una nombró a un grupo de nombres difíciles de decir y éstos se movilizaron acercándose a cada una de las narradoras.

Alice fue la última en nombrar. Cuando escuchó Tomeo su nombre, se acercó a la puerta junto a cuatro trajes más con rasgos africanos. Alice les saludó y les pidió que la siguieran.

Esta vez no siguieron el camino de siempre, saliendo del portal, la delgada y pequeña mujer se encaminó a otro edificio justo en frente. Los cinco la siguieron a paso precoz y cuando estuvieron dentro del nuevo inmueble la miraron al pararse en seco.

Sin decir palabra pero arrastrándoles con su mirada, subió unas escaleras un par de plantas, abrió una puerta amarilla en la que ponía Pumba y pidió al séquito que pasaran y se sentaran.

Tomeo ya se podía imaginar que el día sería largo.

Los cinco Pumbas entraron en la sala, Pumba Tomeo revisó todo lo que había en cada rincón antes de sentarse con intención de identificar primero dónde se sentaría Alice.

Cinco sillas en una fila y frente a ellas un sillón morado con botones en los reposabrazos. Detrás del sillón, una enorme pantalla y, entre el sofá y las sillas, una larga y estrecha mesa larga con botellas de agua.

Tomeo se sentó en una silla cualquiera. A su lado, un moreno delgado le saludó y a su otro lado, otro moreno ancho y fuerte le miró con cara de no querer saludarle. Él saludó primero.

Soy Tomeo.

Soy Pumba.

Yo soy Pumba.

Yo Pumba.

Me llamo Pumba.

Parecía una broma. Todos dijeron el nombre que les dijeron en la primera entrevista y Tomeo era el único que dijo su verdadero nombre. Se preocupó, seguro que ya la había cagado, mierda, nunca se daba cuenta de esos detalles y por eso seguro que no pasaría la prueba, ahora todos le miraban raro, Alice le miraba raro y él se sentía mal por ello. Además, había empezado a sudar y se le notaba en la frente, sobretodo en la frente, pero también en las manos y en los sobacos; menos mal que llevaba puesta la americana del traje.

Alice se sentó en el sillón cuando todos habían ya ocupado las pequeñas sillas.

...

Julium pulsó el botón rojo que tenía frente a su mesa. Muchos más lo pulsaron.

...

Alice recibió la información a través del auricular craneal sin que ninguno de los candidatos que estaba en la sala se diera cuenta.

Bueno Tomeo, espero que salgas inmediatamente de aquí.

¿Yo?

Creo que eres el único Tomeo de la sala ¿verdad?, el resto si no me equivoco, han dejado claro que no se llaman así.

Sí, sí, soy Pumba, yo no soy Tomeo, soy Pumba.

...

Julium estuvo a punto de echarse atrás en su decisión, pero no lo hizo, volvió a presionar el botón rojo un par de veces más para que se notara su insistencia.

...

No Tomeo, tu ya no eres Pumba, no eres el elegido para seguir con nosotros. Ahora márchate y déjanos continuar.

Tomeo no podía creerlo, se revolvió en la silla torturándose por haber dicho su nombre, sabía que la había cagado, pero ¿tanto?, joder, por esa tontería estaba fuera.

Al instante siguiente un hombre alto entró a la sala, se acercó a Tomeo y le cogió del brazo levantándole sin esfuerzo. Cuando Tomeo notó que le agarraban se separó del tipo zafándose molesto, pero sin poder negarse, le siguió hasta salir de la sala de Pumbas sin mirar a Alice ni al resto de trajes.

Antes de echarle a la calle el hombre le dio a Tomeo un cheque de cincuenta libras, el último de los cheques.

...

¿Y dices que te echaron por decir tu nombre?

Sí tía, por decir mi nombre delante de todos esos africanos con nombre de Pumba. Fui tonto, no me acordaba de que me dijeron que mi nombre era ese y además, tampoco fui muy listo, la sala se llamaba así, todo eran pistas que no supe entender.

Yo creo que ha sido lo mejor para ti.

¡Qué va! Seguro que el trabajo es la hostia.

...

Ciento cincuenta libras había ganado en tres días, no estaba mal ¿no? Por eso a Tomeo se le pasó rápido. Llevó el traje al tinte y, descontando los billetes de tren de ida y vuelta de los tres días, más las fotocopias del CV y el pasaporte, se quedó con ciento veinticinco libras limpias y listas para seguir perdiendo el tiempo en la asquerosa ciudad inglesa.

Con esto voy a invitar a Laura a cenar. Estoy casi seguro de que le gusto.

...

Tomeo usó casi todo el dinero para invitar a Laura a cenar en ese restaurante italiano que leyó en la revista del metro, y le funcionó. Fueron las libras mejor invertidas desde que estaba en Londres.

Ahora trabaja con ella en el pub, ya ni se acuerda de las tarjetas de colores, ni de Alice, ni de los cheques de cincuenta libras.

...

Clark y Julium seguían ganando mucho dinero, mucho más de ciento cincuenta libras por tres días de trabajo. Cada jornada representaba una nueva emisión en directo a través de la red oscura, dos millones de seguidores más cada semana con cinco millones de ingresos en libras por las apuestas.

Clark se hizo rico, Julium lo fue más de lo que ya lo era.

Juntos pusieron en marcha el reality de cámara oculta con más beneficios de la historia, en el que los participantes nunca sabían que lo eran y jugaban día tras día por conseguir el trabajo de sus sueños.

Los seguidores del programa, algunos verdaderamente ricos, apostaban enormes cantidades de dinero por averiguar de qué sería capaz un inmigrante por lograr el puesto soñado.

La emisión del programa era ilegal, de eso no cabía la menor duda; las autoridades llevaban meses tratando de encontrar a los organizadores para procesarlos, pero las mayores atrocidades no las hicieron personajes como Clark o Julium, ni siquiera los ricos chinos del otro lado del globo que votaban. El terror se hacía patente a través de las manos de los chavales, Pumbas sin escrúpulos que, sin dudarlo, violaban, vejaban, se mutilaban e incluso mataban a otros Pumbas por ser los elegidos.

...

Tomeo fue uno de los pocos que se salvó. ¡Qué coño! Se llevó ciento cincuenta libras por poco más que decir su nombre.

Ah y no lo olvidemos, se llevó a la chica.

LA VIDA DE UN ZAPATO Y OTROS CUENTOS RAROS

27
LORETO, LORETO, LORETO

Loreto, Loreto, Loreto...

Me he quitado los zapatos y pienso en llegar más alto.
Dejo atrás mis ropas, abalorios y pesos.
Echo los ojos a un lado.
Los aparto de aquí en frente.
Los llevo allá muy lejos.
Llueve...
Te veo...

. . .

Loreto, Loreto, Loreto...

Cambio el agua por fuego.
Las gotas por chispas.
Las nubes por rayos.
Siento que me elevo.
Siento que separo mis pies del suelo

Y vuelo...

Atravieso cielos azules, negras nubes, misterios.
Resuelvo secretos, veo respuestas, me asusto, respiro.

Y vuelo...

Vuelo tan alto que no siento los campos, ni las montañas.
Ni los ríos, ni las flores, ni los hielos.
No veo cimas, carreteras, no veo pueblos.

Las ciudades aquí no existen, no hay coches.
Ni parques, tampoco hay bloques feos.

. . .

Pero el aire entra en mi cuerpo.
La intensa y blanca luz me rodea completo.
No peso, no hay masa, no hay kilos.
No soy ligero ni obeso.

...

Siento tu llamada,
Despiertas en mis sentidos un sueño.
Te veo, seguro que te veo.
Por un instante caigo.
Por instante muero.

Pero estoy bien despierto.
Se que estoy aquí arriba.
Se que deseo tocar tu cuerpo.

Y vuelo...

Y se que estoy muy vivo.
Se que tus ojos casi veo.
Puedo sumirme en un único y valiente deseo.
Estoy seguro de que hoy te veo...

...

Me acerco a lo más alto del cielo.
Me choco con algo.
Lo atravieso, quedan en mi, pequeños restos.

Y vuelo...

Vuelo aun más lejos.
Me quedo ciego, no siento mi cuerpo.
Sólo una llamada, sólo un anhelo.
Sólo tu nombre,

Loreto, Loreto, Loreto...

Y un silencio.
Y más y más silencio.
El mundo desaparece.
Sólo una luz envuelve el velo que cubre mi cuerpo.
De un color que no es verde, que no es blanco, azul ni
negro.

Y una voz que me calma.
Una voz que se asemeja a un recuerdo.
Una voz que no se oye, que aparece dentro.
Que me atrapa y me deja quieto.

Y un cuerpo.

Un cuerpo desnudo, vestido, caliente, frío.
Un cuerpo que no toca.
Un cuerpo que lo llena todo sin ocupar nada.

Y sin saber cuando, ni como, ni el modo.
Una danza comienza a vibrar en lo más profundo de mi.
Un coro de dulces sueños vocales entra y sale de mi
cuerpo.
Una suave brisa cálida, dulce y sincera me cobija.

Y es en ese mismo momento.
Es cuando escucho y siento lo siempre deseado.
Y es cuando me siento perfecto.
Es cuando nada puede nublar la alegría que siento.

...

Lo tengo, te tengo, te amo.
Estoy muy seguro de ello.

Y esto no cambiará nunca.

Y vuelo...

Loreto, Loreto, Loreto.

ACERCA DEL AUTOR

Rober Grills o también como le conoce el mundo no escrito, Roberto Parrillas, es un tipo diferente y similar a todos los demás. Ingeniero informático, jefe de proyectos internacionales, actor de teatro amateur, escritor de tonterías, bobadas y rarezas. Pasa el tiempo junto a su mujer, sus padres, su hermana y sus in laws, viviendo el mundo desde ángulos insospechados, disfrutando del regalo de la vida junto a muchos otros compañeros fijos y temporales que le acompañan.

ROBER GRILLS